বাস্তব ও রহস্য

BY

PROMIT HAZRA

 pencil

ISBN 978-93-5438-683-1
© Promit Hazra 2021
Published in India 2021 by Pencil

A brand of
One Point Six Technologies Pvt. Ltd.
123, Building J2, Shram Seva Premises,
Wadala Truck Terminal, Wadala (E)
Mumbai 400037, Maharashtra, INDIA
E connect@thepencilapp.com
W www.thepencilapp.com

AUTHOR BIOGRAPHY

এটি আমার লেখা একটি গল্প সংকলন, যেটিতে বাস্তব থেকে নেওয়া অনেক ছোট ছোট ঘটনাকে তুলে ধরার চেষ্টা করেছি। বইটি অবশ্যই আপনাদের খুব ভালো লাগবে এই আশাই করবো।

CONTENTS

মহাপৃথিবীর আত্মকথা

আমার এই গল্পটা পড়ে অনেকের বোকা বোকা মনে হতে পারে। কিন্তু শেষ পর্যন্ত মন দিয়ে পড়লে একটা বার্তা আছে এতে সবার জন্য।

পৃথিবীর চারিদিকটা যদি আমরা ভালোভাবে চোখ মেলে দেখি, তাহলে দেখবো কি ভাবে একটা বড় সংসার নিয়ন্ত্রিত হয়। কি রকম নিয়মে সৃষ্টি এই জগতের। যে জগতের একটাই দেবতা আর সে হলো প্রকৃতি। পৃথিবীটা যখন গোলাকার বলয় থেকে ঠান্ডা হলো,তখনই আবির্ভাব ঘটেছিল সর্বশক্তিমান প্রকৃতির এবং তার প্রধান তিন সেনাপতি বায়ু,জল,মৃত্তিকা। কিন্তু প্রকৃতির সবচেয়ে গুরুত্বপূর্ণ সেনাপতি বায়ু অসুস্থ হলে কে দেখবে? যতই হোক সে এই পৃথিবীর চারপাশে এক দুর্ভেদ্য প্রাচীর নির্মাণ করেছে। তাই বায়ুকে সুস্থ রাখতে তখন প্রকৃতি তার সেনাপতি জল আর মাটিকে আদেশ দিলো। আর দুই সেনাপতির মিলিত প্রয়াসে আর সূর্যের শক্তির মিলনে সৃষ্টি হলো উদ্ভিদের। তবে এই

উদ্ভিদদের বাঁচিয়ে রাখতে দরকার পড়লো প্রকৃতির তিন সেনাপতিরই। তাই সবাই ধীরে ধীরে একে অপরের পরিপূরক হয়ে গেল।

কিন্তু গল্পের নায়ক যখন আছে,তেমনি আছে খলনায়ক সূর্য।

প্রকৃতির আধিপত্য লাভ সে মেনে নিতে পারেনি। উপরন্তু তার শক্তিকে কাজে লাগিয়ে চলছে উদ্ভিদ সৃষ্টির কাজ। কিন্তু সে প্রত্যেক দিনের অর্ধেক সময় চেষ্টা করে তার আলোক শক্তি দিয়ে পৃথিবীকে ধ্বংস করতে কিন্তু বায়ুর কঠিন স্তর ভেদ করে সে পৃথিবী পর্যন্ত পৌঁছতেই পারে না। তবে পৃথিবীর কিছু অংশে সে প্রকৃতির সঙ্গে যুদ্ধে জিতে গেছে,আর সেখানেই সৃষ্টি হয়েছে জল,মৃত্তিকা হীন মরুভূমি। উদ্ভিদের প্রতিকূল ঠিকই,কিন্তু প্রকৃতিও সেখানে হার মানতে নারাজ। তাই সেখানকার উদ্ভিদদের সে নতুন করে সৃষ্টি করলো। তাদের গায়ে সৃষ্টি করলো কাঁটার যা তাদের বাষ্পমোচনে বাধা দিল। ফলে ওই অঞ্চলেও উদ্ভিদ রইলো কিন্তু গুপ্তচর হিসেবে।

অপরদিকে পৃথিবীর দুই মেরুতে সূর্য পরাজিত। সেখানে বরফে ঢাকা পরিবেশ। সেখানে সূর্যের আলো ছ'মাস ছাড়া পৌছয়। এই অঞ্চল গুলো ছাড়া বাকি অংশগুলো তে এখনো গোটা পৃথিবী জুড়ে চলছে প্রকৃতি আর সূর্যের যুদ্ধ।

তবে সূর্য জলকে আক্রমণ করতে ছাড়েনি। সে তার তেজ দিয়ে জলকে বাষ্পীভূত করে নিজের কাছে যতবার আনতে চেয়েছে,ততবারই প্রকৃতির সব চেয়ে শক্তিশালী সেনাপতি বায়ুর চেষ্টায় জল বৃষ্টি হয়ে পৃথিবীতে নেমে এসেছে।

অনেক বছর পর প্রকৃতির হটাৎ মনে হল যে পৃথিবীতে এমন কিছু সৃষ্টি দরকার যারা বায়ু,জল আর মাটির মেলবন্ধন ঘটাবে।

আর উদ্ভিদরা হবে তাদের পালক। তাদের রক্ষাকর্তা। মৃত্তিকা হবে তাদের আশ্রয়দাতা। বায়ু আর জল হবে তাদের প্রাণ। সৃষ্টি হলো বিভিন্ন প্রাণীর ও মানুষের।

কিন্তু প্রকৃতি তাদের সৃষ্টির সময় এটা ভাবতে ভুলে গেল যে সব প্রাণীরাই তাদের খাদ্য আর বাসস্থানের জন্য সংগ্রাম করবে।

দিন এগোতে লাগলো। আর মানুষ আরও উন্নত হয়ে গেল। দেখতে দেখতে সে একদিন জন্ম দিল ধর্ম আর বিজ্ঞানের। আর বিজ্ঞানের জন্ম দেওয়ার পরই মানুষ চাইলো তাদের বাসস্থানকে আরও উন্নত করতে। হত্যা করা হলো নির্বিচারে গাছ। গড়ে উঠলো বাসস্থান। এরপর তারা বানালো যুদ্ধের ভয়ানক রাসায়নিক অস্ত্র। যার প্রভাবে বায়ু হলো অসুস্থ। কিন্তু তাকে কে সুস্থ করবে? গাছও যে পৃথিবীতে খুব কম। মেলবন্ধন ঘটাতে গিয়ে শুরু হয়ে গেল এক গৃহযুদ্ধ।

মানুষের জন্য বিলুপ্ত হলো অন্য প্রাণ। তবে মানুষ কি একা এই পৃথিবী চালাবে?এই চিন্তা মাথায় এলে প্রকৃতি তার ভয়ানক রূপ সামনে আনল। কিছু প্রাণ যাচ্ছে ঠিকই কিন্তু বিজ্ঞানের জোরে মানুষ তো তাকেও প্রতিরোধ করছে! আর এই প্রতিরোধ ব্যাবস্থা গড়ে তুলতে গিয়ে সে দূষিত করছে জল,বায়ু,মৃত্তিকা।

সূর্য এতদিন কিছু করেনি। কিন্তু যখন সে দেখল পৃথিবীর বায়ুর স্তর দুর্বল। তখন সে তার অতিবেগুনি রশ্মি দিয়ে আক্রমণ করলো পৃথিবী। বায়ুর স্তর ভেদ করে সে এখন গোটা পৃথিবীকে মরুভূমিতে পরিণত করতে চেষ্টা করেছে। তাই দুই প্রান্তের বরফ যাচ্ছে গলে। পৃথিবী কি তাহলে এবার ধ্বংসের পথে?

প্রকৃতিকে আমরা বাঁচাতে পারি। কাজটা খুব কঠিন নয়। শুধু হিংসার বশবর্তী না হয়ে গাছ লাগালেই আমরা আমাদের

সৃষ্টিকর্তা প্রকৃতিকে রক্ষা করতে পারি। আর পারি সূর্যের সাথে মোকাবিলা করতে। নাহলে একদিন এই ধ্বংস থেকে সৃষ্টি এই পৃথিবী আবার ধ্বংসের পথে চলে যাবে।

জীবন্ত চরিত্র

হ্যাঁ,ধরে নিন আপনি। মানে আপনিই এই গল্পের প্রধান চরিত্র। অথবা ধরে নিন এই গল্পটার নায়ক বা নায়িকা আপনি নিজেই। এবার আপনাকে নিয়ে গল্পটা বলি তাহলে।

ধরুন আপনি মধ্যবিত্ত একজন মানুষ। আপনার স্ত্রী বা স্বামীর সাথে সিনেমা দেখে রাস্তা দিয়ে হেঁটে বাড়ি ফিরছেন। হঠাৎ দেখলেন একটা বেপরোয়া বাইক এসে একজন বৃদ্ধকে ধাক্কা দিয়ে চলে গেলো। ধরে নিন রাস্তায় কেউ নেই। বৃদ্ধর অবস্থা এদিকে খুব খারাপ। মাথা থেকে রক্ত ঝরছে তার। আপনি এটা দেখেও হেঁটে যাচ্ছেন। আর যাওয়া উচিত না অনুচিত সেই নিয়ে আপনার স্বামী বা স্ত্রীয়ের পরামর্শ চাইছেন। অস্বাভাবিক ভাবে উত্তরটা কিন্তু হ্যাঁ এলো না।

যাই হোক পরদিন খবরের কাগজ খুলেই দেখলেন কালকের ওই বৃদ্ধ মানুষটা মারা গেছে। আমি জানি না এরপর আপনার কি মনে হবে। কারণ আপনি তো আর আমার সৃষ্টি করা কাল্পনিক চরিত্র নন তাই না।

যাই হোক চলুন এগিয়ে নিয়ে যাই গল্পটা। কিছু দিন পরের কথা বলি তাহলে। আপনি রাস্তা দিয়ে আসছেন। খুব সতর্ক হয়েই হাঁটছেন। একা আপনি,আর রাস্তা ভর্তি লোকজন। হঠাৎ একটা বেপরোয়া বাইক আপনাকে ধাক্কা দিয়ে চলে গেল। আপনি পড়ে গেলেন,মাথা ফেটে গেল আপনার। সবাই আপনকে দেখছে কিন্তু কেউ এগিয়ে যাচ্ছে না। আপনার ওই অবস্থায় খুব রাগ হচ্ছিল ওদের ওপর কিন্তু হঠাৎ আপনি চোখ বুঝলেন।

চোখ খুলে দেখলেন আপনি হসপিটালের বেডে শুয়ে আছেন। কান খুলে শুনলেন আপনার স্বামী বা স্ত্রীয়ের কিছু অমর জ্ঞান।

তারপর আপনি শুয়ে আছেন। নার্স একটু বাইরে গেল। হঠাৎ কিছুক্ষণ পরে আপনি দেখলেন সেই বৃদ্ধ আপনার সামনে দাঁড়িয়ে আপনাকে প্রশ্ন করছে যে আপনি কেন সেদিন তাকে বাঁচালেন না। আপনি ঘাবড়ে গিয়ে আর ভয় পেয়ে উত্তর দিতে যাবেন,এমন সময় দেখলেন একজন পুলিশ আপনার সামনে দাঁড়িয়ে আছে আর সেও আপনাকে প্রশ্ন করছে যে আপনি কেন সেদিন হত্যাকারীর গাড়ির নম্বর দেখে তখনই পুলিশকে জানালেন না। জানালে হয়তো হত্যাকারীও ধরা পড়তো আর বৃদ্ধও সঠিক সময়ে ঠিক চিকিৎসা পেয়ে সুস্থ হয়ে যেত। সবাই যেন উত্তরের আসায় আপনার দিকে তাকিয়ে আছে। আর সেই ভয়ানক মায়াবী তাকানোর ভয়ে বালিশে মুখ ঢেকে কখন যে আপনি ঘুমিয়ে পড়বেন তা বুঝতেও পারবেন না। সকালে যখন চোখ খুলবেন তখন মনে হবে সবটাই ছিল রাত্রের একটা দুঃস্বপ্ন মাত্র।

এখন এত কিছুর পর একটা কথা বলা যাক। মানুষের জীবনটা তো বিপদে ভরা। মানে বিপদ তো বলে-কোয়ে আসে না। তাই

আপনার accident না হয়ে যদি অন্য কিছু হতো তখন হয়তো আপনার ওই বৃদ্ধের কথা মনে আসতো না। কিন্তু আমার মনে হয় সব বিপদই সমান। তাই আপনি যখন সুস্থ হয়ে বাড়ি ফিরবেন তখন একবার ঠান্ডা মাথায় ভেবে দেখুন তো,কল্পনা শক্তি দিয়ে দেখবেন একটা গিফটের কাগজে মোড়া একটা বক্স,সেটা খুলতেই আপনার সামনে একটা কাগজ উঠে এলো যাতে লেখা 'আমি পাপী'।

হ্যাঁ,আপনিই পাপী। কারণ যে মরলো সেতো দিব্যি আরাম করে চলে গেল,আর আপনি সুযোগ পেয়েও পৃথিবীতে রয়ে গেলেন,কারণটা হয়তো সেদিন ওই বৃদ্ধকে না বাঁচানো। ভাবুনতো আপনি যদি সেদিন আপনার স্বামী বা স্ত্রীয়ের কথা না শুনে তাঁকে বাঁচাতেন,তাহলে হয়তো সবাই আপনকে দেখে কিছু শিক্ষা পেতো। খবরের কাগজে আপনার নাম বেরোতো। এবং আপনার accident এর সময় সবাই আপনকে সময় নষ্ট না করে হসপিটালে ভর্তি করতো।তাতে হয়তো আপনকে অপারেশন থিয়েটার অবধি যেতে হতো না।

মানুষ হওয়ার দৌড়ে আপনি আগে থেকেও হটাৎ পা মচকে পড়ে গেলেন।

আমার মনে হয় দেহে সেলাই,কাটা ছেঁড়া নিয়ে বেঁচে থাকা একটা পাপেরই সমান। সেটা আবার একটু বিজ্ঞান চর্চা না থাকলে আপনি বুঝবেন না।যাই হোক,আমার গল্পের চরিত্র হওয়ার জন্য আপনাকে ধন্যবাদ। ভালো থাকবেন।

মাঝ আকাশটা ধূসর

আসলে এই সময়টা দাঁড়িয়ে আছে আধুনিকতা আর পুরোনো সেই সমাজের মাঝে। পুরোনো সমাজ এখনো নতুন সমাজের সাথে মানিয়ে নিতে পারেনি বলেই আমার ধারণা।

আজও অনেক এমন কিছু মানুষ আছেন যাদের ধারণা একটা মেয়ে একটা ছেলের সাথে কথা বলছে,হাসছে,ঘুরছে এর মানেই হলো মেয়েটা অসভ্য,নোংরা,নিশ্চয়ই সে ছেলেটার সাথে প্রেম করে।এরপর সবাই মেয়েটাকে প্রাথমিক ভাবে এড়িয়ে চলে। এবার কোনো একটা লোক অন্য লোকের বাড়ি গিয়ে মেয়েটার নামে যাতা বলবে। ফলে মেয়েটার জায়গা তো নামবেই সাথে তার মা,বাবাকেও অনেক কথা শুনতে হবে। অথচ দেখা গেল মেয়েটার কোনো দোষ ই নেই। সে হয়তো ছেলেটার ভালো বন্ধু আর হয়তো কোনো দরকারে সে ছেলেটার সাথে কোথাও যাচ্ছিল। আমি মেয়েটার কথায় আসছি না। আমি আসছি ওই লোকটার কথায়। আমার বক্তব্য হলো তুমি কে আমার ব্যাপারে আমার বাড়িতে বলার। আচ্ছা বলুনতো মেয়েটার বাড়িতে এই

ব্যাপার নিয়ে খুব অশান্তি হলো আর মেয়েটা আত্মঘাতী হলো,তাহলে? একটা ছোটো কারণ কত বড় ঘটনা ঘটিয়ে দিলো।

এবার কিছু বিখ্যাত পরিবারের কথায় আসা যাক। সেই সকল পরিবার যারা ছেলের বিয়ে দিয়ে ভাবে বিনা পয়সায় কাজের লোক পেয়ে গেছে। মুখ বুজে সব মেনে নিলে তুমি ঠিক আছো সেখানে। এবার মেয়েটার একটা বাচ্ছা হলো,আর সেটা হলো কন্যাসন্তান। ব্যাস, আর দেখে কে। গোটা পরিবার মরা কান্না জুড়ে দেবে। তোমার মেয়ে হয়েছে মানে যে মা সে দোষী। আর বাবা তো বানের জলে ভেসে এসেছে। আবার কিছু পরিবারের লোক তো কন্যাসন্তানকে মেরেও ফেলে। আচ্ছা মেয়ে বলে কি সে মানুষ নয়?এই কথাটা কবে বুঝবে এই সব পরিবার গুলো। তারা কবে বুঝবে যে বিজ্ঞান বলে একটা সন্তান ছেলে না মেয়ে হবে সেটা তার বাবার ওপর বেশি নির্ভর করে। তাহলে কেন বাচ্ছা হওয়ার পর মা একা দোষী হবে? ও আমি তো আবার একটা ভুল কথা বলে ফেললাম। ওরা এসব কথা জেনে কি করবে ওদের তত‌ক্ষণে ঠাকুর ঘরে গিয়ে পাঁচ বার ঘন্টা বাজালে কাজ হবে। আবার অনেকের ধারণা মেয়েরা বেশি পড়াশুনা করে কি করবে,বয়স হলে তার বিয়ে দিয়ে আগে ঝামেলা মেটাও। পড়াশোনা করার অধিকার যে মেয়েদেরও আছে এখানো অনেকে তা মানতে পারেন না। দেশে দেবের তুলনায় দেবীর সংখ্যা বেশি। তাও মেয়েদের এই অবস্থা।

এবার ধরুন স্বামী-স্ত্রী সুখে সংসার করছে। হটাৎ স্বামী জানতে পারলো তার স্ত্রী বন্ধ্যা। ব্যাস পরদিনই ডিভোর্সের পেপার নিয়ে হাজির স্বামী। সে হয়তো জানে আধুনিক পদ্ধতিতে সেও বাবা হতে পারে,কিন্তু ওই যে তার মা বলছেন বিজ্ঞানের ওইসব পদ্ধতিতে নাকি সবার জাত যাবে। আর স্বামী যদি স্ত্রী এর পাশে

এসে দাঁড়ায়,অন্যলোকে বলবে বৃদ্ধা মাকে ছেলে অত্যাচার করছে।

এরকম অনেক ঘটনাই চারিদিকে ঘটে থাকে। আসলে সেকেলে সমাজ থেকে অনেকেই এখনো বেরিয়ে আসতে পারেনি। তাদের কাছে নতুন সমাজের কাজ গুলো তাই খারাপ মনে হয়। তবে যুগ এগিয়ে চলেছে। বিজ্ঞানের গতিও অপ্রতিরোধ্য। আমি জানি আমার এই লেখাটা বৃথা কারণ সেকেলে চিন্তাধারার মানুষদের বোঝালেও,অধিকাংশ মানুষ বুঝেও না বোঝার ভান করবে। নাহলে আজ একবিংশ শতাব্দীতে দাঁড়িয়েও খবরের কাগজে পড়তে হত না যে 'পারিবারিক অশান্তির জেরে আত্মঘাতী তরুণী', অথবা 'কন্যা সন্তানের জন্ম দেওয়ায় পুড়িয়ে মারা হলো বধূকে'। আমাদের সমাজটা মাঝ আকাশে দাঁড়িয়ে যার রং ধূসর- না সাদা,না কালো।

সিপাহী

১৮৫৭ সাল, বাংলা;

বর্তমান পুরুলিয়ার একটি ছোট গ্রাম। গোটা ভারতবর্ষ সেদিন রক্তাক্ত,অশান্ত হলেও ওই ছোটো গ্রামটিতে যেন আনন্দের শেষ ছিল না। এখানকার সকলেই প্রায় সারাদিন পুজো নিয়ে মেতে থাকতো। পুরুষরা মাঠে চাষ করতো। এটাই ছিল এই গ্রামের জীবনযাত্রা। এখানে গগন শাস্ত্রী কে সবাই গ্রামের মাথা বলে মনে করতো। খুব গোঁড়া ধার্মিক এই গগন শাস্ত্রী। তাঁর দেওয়া বিধান সকলে চুপ করে মেনে নিতো।এককথায় তিনি ছিলেন ওই গ্রামের একজন অঘোষিত নেতা। এই গ্রামের ছেলে সুভাষ,সে ভালোবাসতো ওই গ্রামেরই মেয়ে আশালতাকে। শেষ অবধি তাদের বিয়ের কথা বলতে সুভাষের বাবা গগন শাস্ত্রীর কাছে উপস্থিত হয়।

"সবই ভগবানের কৃষ্ণের লীলা। হরেকৃষ্ণ! বলুন আপনারা কি উদ্দেশ্যে আমার কাছে এসেছেন?"- বলে শুরু করলেন শাস্ত্রী মহাশয়।

"মহাশয় আমি আমার ছেলের বিয়ে প্রদীপ সেনের মেয়ের সাথে দিতে চাই। নির্দিষ্ট দিন ঠিক করার জন্যই আপনার কাছে আসা আমার।"- বললেন সুভাষের বাবা।

-"আচ্ছা। শুনেছি প্রদীপের মেয়ে আশা খুবই লক্ষী মেয়ে। তো তোর ছেলে কী করে? বিয়ে করেছে যে বউকে খাওয়ানোর ক্ষমতা আছে তো নাকি?"

-"আমার ছেলে ওই সাহেবদের একজন সিপাহী।"

-"ওহঃ। তো সে এখন কোথায়?"

-"আজ্ঞে,সে যে কলকাতায় একটা সেনানিবাসে থাকে,অন্য সিপাহীদের সাথে। মাঝে মধ্যে ছুটি পেলে আসে।"

-"ঠিক আছে হরেকৃষ্ণ,আমি একটা বিয়ের ভালো দিন দেখে আপনার সাথে যোগাযোগ করবো।"

ভারতবর্ষ সেদিন উত্তপ্ত। দিল্লির সিংহাসনে তখন বৃদ্ধ মুঘল সম্রাট দ্বিতীয় বাহাদুর শাহ। ব্রিটিশরা সেদিন ভারতে তাদের সাম্রাজ্য বিস্তারে মরিয়া হয়ে উঠেছে। তারা ভারতীয় সিপাহীদের ওপর নানা ভাবে অত্যাচার করেছে। ঠিক এমন সময়েই একটা ঘটনা গোটা ভারতবর্ষকে কাঁপিয়ে দিলো। শোনা গেল ভারতীয় সিপাহীদের যে কার্তুজ দেওয়া হয়,সেখানে গরু আর শুকরের চর্বি মেশানো থাকে। এই খবর যেন হাওয়ায় গোটা ভারতবর্ষের চারিদিকে ছড়িয়ে পড়লো।

"আমরা ইংরেজদের বিরুদ্ধে লড়বো। আমরা অনেক অভিযোগ করেছি এর আগে এই কার্তুজ নিয়ে।কিন্তু ওরা কোনো কর্ণপাত করেনি।"- সবার উদ্দেশ্যে বললেন কলকাতার একটা সেনানিবাসের সদস্য রামন।

"কিন্তু রামন ভাই,আমি এই প্রতিবাদে অংশ নিতে পারবো না।"- বলল সুভাষ।

-"পারবে না! আচ্ছা বেশ আমি তোমায় জোর করবো না।তুমি তাহলে তোমাদের গ্রামে ফিরে যাও। এখানে তুমি নিরাপদে থাকতে পারবে না।"

-"হ্যাঁ,আসলে আমার বাবা কিছুদিন আগে আমায় চিঠি লিখেছিলেন,তাই আর কি আমায় চলে যেতে হবে। আমার ছুটি নেওয়া হয়ে গেছে।এত অশান্তির মাঝে আর বলে ওঠা হয়নি।"

-"তাহলে তোমার ফেরাটা খুব জরুরি দেখছি।(একটু হেসে) যাও,যাও ফিরে যাও।"

কথা মতো গ্রামে ফিরে আসে সুভাষ। তখন চারিদিকে শুরু হয়েগেছে ১৮৫৭-র বিখ্যাত মহাবিদ্রোহ,যা সিপাহী বিদ্রোহ নামেও পরিচিত অনেকের কাছে। দিল্লির সম্রাট থেকে ঝাঁসির রানী লক্ষ্মীবাঈ সকলে বিভিন্ন অঞ্চল থেকে যুদ্ধ শুরু করেছেন। গ্রামে ফিরেই সুভাষ সোজা তার বাড়ি চলে আসে। কিন্তু বাড়ি এসে সে দেখে তার ফেরাতে তার মা,বাবা খুশি হয়নি। সে অবাক হয়ে প্রশ্ন করে-

"কি হয়েছে মা,বাবা,তোমরা চুপ করে আছো কেন?"

"আমি বলছি।"- হঠাৎই পিছন থেকে বলে উঠলেন গগন শাস্ত্রী। তিনি আরো বললেন-"তুমি প্রদীপের মেয়েকে ভালোবাসতে না?"

-"হ্যাঁ,কিন্তু কেন?"

-"তোমাদের বিয়েটা আর সম্ভব নয়।"

-"কি বলছেন আপনি! আমি আশাকে ভালবাসি।(মো এর দিকে তাকিয়ে) মা তুমি কাঁদছো কেন? আশা ভালো আছে তো মা? (চেঁচিয়ে) আরে কি হয়েছে সেটা কেউ বলবে?"

"আশালতা আর বেঁচে নেই।"-বললেন শাস্ত্রী মহাশয়।

-"না না,আপনি মিথ্যে কথা বলছেন।(চেঁচিয়ে) মিথ্যে বলছেন আপনি। আশা আমাকে ছেড়ে কোথাও যেতে পারে না।ও যে আমাকে ভালোবাসে।"

-"চুপ করো তুমি। ওর মৃত্যুর জন্য দায়ী একমাত্র তুমি।"

-"(অবাক হয়ে) আমি আশার মৃত্যুর জন্য দায়ী!"

-"হ্যাঁ,হ্যাঁ তুমি। তোমার ধর্ম নষ্ট হয়ে গেছে। এই কথা শুনে আমি বলেছিলাম তোমাদের বিয়ে সম্ভব নয়। কারণ এই গ্রামে অন্য ধর্মের লোকের প্রবেশ নিষেধ। এটা শুনে ও আর সহ্য করতে না পেরে আত্মহত্যা করেছে। এর জন্য দায়ী শুধুমাত্র তুমি।"

-"আমার ধর্ম নষ্ট হয়ে গেছে! কি বলছেন আপনি?"

-"কেন,ভুলে গেলে নাকি কার্তুজ কান্ড। তুমি গরুর চর্বি মুখে তুলেছো,তাই তোমার ধর্ম নাশ হয়েছে। আর এটা শুনেই প্রদীপের মেয়ে আত্মহত্যা করেছে। তবে এই গ্রামে তোমারও জায়গা হবে না। এই কে আছিস একে গ্রাম ছাড়া কর! হরেকৃষ্ণ!"

সুভাষ কিছু বলার আগেই গ্রামের অন্যলোকেরা সুভাষকে খুব মারলো। এবং তাকে গ্রামছাড়া করলো।তার মা,বাবার কিছু করার ছিল না। করতে গেল হয়তো সুভাষের প্রানটাই চলে যেত।

সুভাষ কলকাতা ফিরে এলো। এসে সে শুনলো সেখানকার সেনানিবাস আর নেই। কিছু দূরে গিয়ে সে দেখে রামনের হাত

কাটা মৃতদেহটা ফুটপাথের ওপর পড়ে আছে। সে মনে মনে ভাবতে থাকে তার এই অবস্থার জন্য একমাত্র দায়ী ওই সাহেবরা।

কাজের সন্ধানে বেরিয়ে সুভাষ একটা জমিদার বাড়িতে কাজের লোক হয়। ওখানেই সে থাকতো। আর আশার কথা মনে করে কাঁদতো রাতের বেলায়। এই ভাবে সময় এগোতে থাকে। ইংরেজরা তাদের আধিপত্য গোটা ভারতে বিস্তার করে। সিপাহী বিদ্রোহের পর আরো ৪৮ বছর কেটে যায়। ভারতের ভাইসরয় হিসেবে তখন ছিলেন লর্ড কার্জন। ১৯০৫ সাল তখন তিনি বঙ্গভঙ্গ-এর আদেশ দিলেন। সেদিন বাংলা আবার উত্তপ্ত হয়ে উঠলো।

বৃদ্ধ সুভাষ রাস্তার ধারে বসে আছে। তার মা,বাবা আর আশার কথা খুব মনে পড়ছে। তার মা,বাবা আর বেঁচে নেই। এসব কথা মনে করতে করতে সে সামনে দিকে তাকিয়ে দেখে একদল লোক একজনের নেতৃত্বে গান গেয়ে এগিয়ে চলেছেন। সুভাষ একজনকে ডেকে জিজ্ঞাসা করলো-

"তোমরা কোথায় যাচ্ছ?"

-"আমরা তো বঙ্গভঙ্গ-এর প্রতিবাদে নেমেছি গো।"

-"আচ্ছা উনি কে? এত সুন্দর একটি গান করছেন।"

-"তুমি ওনাকে চেননা ভায়া। উনি যে আমাদের রবীন্দ্রনাথ ঠাকুর।"

-"বাঃ,বেশ ভালো গানটা তো। 'আমার সোনার বাংলা, আমি তোমায় ভালোবাসি।"

-"ঠিক আছে,আমি চললাম।"

সুভাষের হঠাৎ বুকের যন্ত্রণা শুরু হয়ে যায়। হঠাৎ সে সামনের দিকে তাকিয়ে দেখে তার মা,বাবা আর আশালতা দাঁড়িয়ে তাকে ডাকছে।

সুভাষ ভয়ে ভয়ে বললো তাদের-" না আমি যাব না। তোমাদের গগন শাস্ত্রী যে রাগ করবেন।"

সুভাষের মা তখন বলে-"না বাবা। ও যে নরকবাসি। ও যে মানবধর্মকে অপমান করেছে। তুই চলে আয় আমাদের কাছে।"

সুভাষ তাদের হাতছানি পেয়ে তাদের দিকে এগিয়ে যেতে থাকে। আর তার নিথর দেহটা রাস্তার ওপর পড়ে থাকে।

পরিবর্তিত রহস্য

commentators : 'আজকে ফাইনাল ম্যাচে কিন্তু হাওড়া ক্রিকেট স্টেডিয়াম পুরোপুরি জ্বলে উঠেছে। বল করতে আসছেন রাহুল ব্যানার্জী টিম হাওড়ার হয়ে। আর ব্যাট করছেন আকাশ রায়। দেখা যাক কি হয়।...বল করলেন কিন্তু সেটা গিয়ে সোজা লাগলো ব্যাটসম্যানের মাথায়। একি উনি যে মাটিতে পড়ে গেলেন। আমরা দেখছি কলকাতা টিমের কোচ মাঠে ছুটে এসেছেন। ব্যাটসম্যানকিন্তু অজ্ঞান হয়ে গেছেন এখানে। ওনাকে মাঠের বাইরে নিয়ে যাওয়া হচ্ছে।'

একটি জনপ্রিয় সংবাদমাধ্যম : ' এই মুহূর্তে সবচেয়ে বড় খবর হলো মাথায় চোট পেয়ে মারা গেলেন তরুণ ক্রিকেটার আকাশ রায়। ওয়েস্ট বেঙ্গল ক্রিকেট টুর্নামেন্ট-
এর আজ ফাইনাল ম্যাচে ব্যাট করা কালীন রাহুল ব্যানার্জীর বলে আহত হন এবং পরে হাসপাতালে নিয়ে গেলে তাকে মৃত ঘোষণা করা হয়। প্রাথমিক তদন্তের পর পুলিশ জানতে পেরেছে যে হেলমেটটি পরে উনি ব্যাটকরছিলেন সেটি কিন্তু কার্বন ফাইবার ও কেবলার শেল দিয়ে তৈরি করা ছিল না। একই রকম অন্য পদা

থ দিয়ে তৈরি ছিল।অর্থাৎ যাতে মাথায় বল লেগে উনি মারা যান সেই জন্যই তার হেলমেটটি পাল্টে দেয়া হয়। প্রাথমিক ভাবে পুলিশ হাওড়া টিম ও কলকাতা টিমকে তদন্তের জন্য ডেকে পাঠিয়েছে।'

কলকাতার এক বনেদি বাড়ির বারান্দায় বসে চা খাচ্ছিলেন গিরিশ সামন্ত। হটাৎ তার স্ত্রী এসে বললেন-

'বলছি থানার বড় বাবু তোমার সাথে দেখা করতে এসেছেন।'

-'(মৃদু হেসে) পাঠিয়ে দাও।'

কিছুক্ষণ পর থানার বড়বাবু এলেন এবং বললেন-

'কি গিরিশ বাবু সব ঠিকঠাক তো?'

-

'আর ঠিক!!ঠিক থাকতে দিচ্ছ কোথায় তোমরা? খবরের কাগজ টা খুললেই খালি এদিকে খুন আর ওদিকে খুন। খালি রাজনীতি। সবাই খালি আমায় ভোট দাও আমরা তোমাকে দেখবো। আর ভোটে জিতে সবার নিট ফল শুন্য। এবার বলো কি করে ভালো থাকবো।'

-

'আপনি আর কি করবেন বলুন। সবই তো জানেন। আমরা চাইলেও এসব খুন আটকাতে পারিনা।আটকালে যে চাকরি যাবে আমাদের।'

-

' আচ্ছা বলো হটাৎ এই অবসর প্রাপ্ত গোয়েন্দা গিরিশ সামন্তকে কি দরকার পড়লো?'

-

'হ্যাঁ। শুনেছেন আশা করি যে কিছুদিন আগে ব্যাট করতে গিয়ে এক ব্যাটসম্যান মারা যান।'

-

'হ্যাঁ। ছেলেটা বেশ ভালো খেলতো। কি বেশ নাম যেন...। হ্যাঁ, আকাশ রায়।'

-

'কিন্তু আমি তো টিমের সবার সাথে কথা বললাম।সন্দেহ কিন্তু হলো না কাউকে। তাই দিশাহারা হয়েই আপনার সাহায্য চাইতে এলাম।'

-

'হ্যাঁ। সেতো বুঝলাম। কিন্তু আগে আমাকেও সবার সাথে কথা বলতে হবে। তোমারা যা তদন্ত কর তাতে যে খুনী সে অনায়াসে রাস্তায় হাসতে হাসতে ঘুরে বেড়ায়।'

-'মানে?'

-

' ও তুমি বুঝবে না। যাই হোক সবার সাথে কথা আমি কথা বলবো তার ব্যাবস্থা করো।'

-'অবশ্যই।'

কথা মতো তিনি সবার সাথে কথা বললেন। কিন্তু শারীরিক অসুস্থতার কারণে কলকাতার কোচ, অধীর চৌধুরী অনুপস্থিত ছিলেন, তাই তার সাথে দেখা করতে গিরিশ বাবু তার বাড়ি গেলেন।

-

'দেখুন গিরিশ বাবু আমি এই খুনের ব্যাপারে কিছুই জানি না। আর আকাশ খুব ভালো ছেলে ছিল।'

-'আপনি আকাশের পরিবারের সম্পর্কে কি জানেন?'

-

'দেখুন আকাশকে আমি অনেক ছোটবেলা থেকে চিনি। ওর ম তো ভদ্র আর শান্ত ছেলে লাখে একটা হয় না। অনেক ছোটবেলায় ও ওর মা,বাবা দুজনকেই হারায়। তারপর ও ওর দাদার কাছে মানুষ। শুনেছি কিছু দিন আগে ও একটা বিয়েও করেছে।কিন্তু আমি কলকাতার বাইরে থাকার জন্য আসতে পারিনি।'

-

'আপনার কথা শুনে আমি প্রাথমিক সন্দেহের তালিকা থেকে আপনাকে বাদ দিলাম। তা সত্ত্বেও পরে কিন্তু আপনকে দরকার হতে পারে। আর আপনি কটা দিন শহর ছেড়ে বাইরে যেতে পারবেন না। কারণ এখনো প্রমান হয়নি যে আপনি নিরপরাধ।'

থানার বড়বাবুর সাথে এরপর তিনি দেখা করতে গেলেন।

-'তাহলে গিরিশ বাবু কি বুঝেছেন?'

-'আমার যা ধারণা দুই টিমের সবাই নির্দোষ।'

-'তাহলে এবার আপনার পরের step কি?'

-

'আমাকে আকাশের বাড়ি যেতে হবে। তুমি একটা কাজ করো তুমি ওদের সবার ফোন নাম্বার জোগাড় করো।'

পরদিন থানার বড়বাবু সহ তিনি আকাশের বাড়ি গেলেন। বেশ আধুনিক বাড়ি আকাশের।

-'আকাশ আপনার থেকে কত বছরের ছোট?'

-'প্রায় সাত বছরের।'

-'আপনি বিয়ে করেননি?'

-'না'

-'আকাশের স্ত্রী কোথায়?'

-'বাপের বাড়ি।আসলে ও গর্ভবতী।'

-'তো আপনি বিয়ে করেননি কেন?'

-

'ওই ভাই কে মানুষ করতে গিয়ে আর বিয়ে করা হয়নি আর কি।'

-'বেশ interesting তো।'

এরপর হটাৎ আকাশের দাদা বিকাশের ফোনটা বেজে উঠলো। গিরিশ বাবু কে ফোন করেছে সেটা দেখতে গিয়ে দেখলেন এক টা ফোন নম্বর,যেটার শেষ চারটে সংখ্যা হলো 2644। ফোনে ক থা বলার পর বিকাশ বাবু নিজেই বললেন যে ফোনটা তার অফি স থেকে এসেছিল। যাই হোক গিরিশ বাবু আর থানার বড়বাবু সে খান থেকে প্রস্থান করলেন।

ওইদিন দুপুরে....

সাংবাদমাধ্যম : 'এই মুহূর্তের সবচেয়ে বড় খবর, আত্মহত্যা কর লেন হাওড়া টিমের সেরা বোলার রাহুল ব্যানার্জী। কিছু দিন আ গে তার করা বল মাথায় লেগেই মারা যান কলকাতার ব্যাটসম্যান আকাশ রায়। যদিও সেটি একটি খুন ছিল বলে পুলিশ মনে করে ছিল। কারণ ছিল নকল হেলমেট। কিন্তু রাহুলের আত্মহত্যা ঘিরে নানান প্রশ্ন আসছে। তিনিই কি তাহলে সেই খুনি। এদিকে রাহু লেরপরিবার জানাচ্ছে আকাশের মৃত্যুর পর রাহুল মানসিক অব সাদে ছিল। তবে তার সত্যতা কত সেটাই এখন পুলিশ খতিয়ে দে খছে।'

'গিরিশবাবু এবার কি বুঝেছেন রাহুলই কি তাহলে...'

-

'না। রাহুল যে খুনি নয় সেটা আমি সেদিন ওর সাথে কথা বলার সময়ে বুঝেছিলাম। খুব ভয় পেয়েছিল ছেলেটা। কিন্তু প্রশ্ন একটা থেকেই যাচ্ছে।'

-'কি?'

' আপনি আমার কথা মতো একটা কাজ করুন তো।'

-'ok'

১ দিন পর গিরিশ বাবু আকাশের দাদা সহ দুই টিম কে দুপুর বেলা একটা ক্লাবে উপস্থিত থাকতে বললেন। থানার বড়বাবু বললেন যে খুনির মুখোশ খুলে যাবে আর একটু পরেই। এমন সময় গিরিশ বাবু উপস্থিত হলেন। এবং তিনি বলতে শুরু করলেন।
' ওয়েস্ট বেঙ্গল ক্রিকেট টুর্নামেন্টের ফাইনাল ম্যাচ। কলকাতার টিম ব্যাট করছে আর হাওড়া বল। হটাৎ হাওড়ার বোলার রাহুলের করা বল এসে লাগলো আকাশের মাথায়। মারা গেল সে। দেখা গেল আকাশ নকল হেলমেট পরে ব্যাট করছিল। পুলিশ সন্দেহ করল দুই টিমকে। তারপর তদন্ত এগোতে থাকলো। সব ঠিকই চলছিল কিন্তু রাহুলের আত্মহত্যা দেখে সবাই মনে করলো রাহুল খুনের দায় নিজের কাঁধে নিতে না পেরে আত্মহত্যা করেছে। এটা ঠিক আমি মেনে নিতে পারলাম না। কারণ রাহুলকে আমি দেখেছি ও কতটা কষ্টে ছিল। তাই আমি থানার বড়বাবুকে বলি টিমের সকল সদস্যের বাড়ির ওপর নজর রাখতে।'
-'এবার আমি বলি।' বললেন থানার বড়বাবু।
-'হ্যাঁ বলো।'

'সবার বাড়িতে নজর রেখে কিছু পেলাম না। তারপর গিরিশ বাবু বললেন বিকাশ বাবুর বাড়ির কথা। কিন্তু উনি বললেন যে আমরা দুজন মানে আমি আর গিরিশ বাবু দুজনে যাবো ওই বাড়িতে নজর রাখতে।'

'আশ্চর্য,আমি তো এটাই বুঝলাম না আমার বাড়িতে এত বেশি নজরদারি করার কারণ কি?'-
বেশ বিরক্ত হয়ে বললেন বিকাশ বাবু।

-'দাঁড়ান বলতে দিন আমায়। তাহলেই সবটা পরিক্ষার হবে।'

এমন সময় গিরিশবাবু বললেন-
'দাঁড়াও বড়বাবু। বিকাশবাবু দেখুন আর চুপ করে থাকবেন না। পুলিশ কিন্তু জেনে গেছে আসল অপরাধী আপনি। তাই বাকিটা আপনি বলবেন না থানার বড়বাবু?'

-'মিথ্যে কথা,আমি এসব কিছু জানি না,বাজে কথা সব।'

এটা বলেই বিকাশবাবু ছুটে পালিয়ে গেলেন। এটা দেখে অধীর বাবু বললেন-'যা ওতো পালিয়ে গেল।'

-
'কোথায় পালাবে? গিরিশ বাবুর কথায় আমি চারিদিক পুলিশ দিয়ে ঘিরে রেখেছি। আর এতক্ষণ ও ধরাও পড়ে গেছে।'

'কিন্তু ঘটনাটা কি সেটা তো বলুন?'-
বললেন কলকাতা দলের কোচ অধীর বাবু।

এবার গিরিশবাবু পুরো ঘটনাটা বললেন-

'বিকাশ বাবুকে আমার সন্দেহ হলো সেই সময় যখন একটা unknown নম্বর থেকে ওনার ফোনে ফোন এলো আর উনি বললেন ওটা অফিস থেকে ফোন করেছে। ওই নম্বরটার শেষ চারটে সংখ্যা ছিল 2644,যেটা আকাশের স্ত্রীয়ের নম্বর। ওই নম্বরটা আসলে আমি আগেই দেখেছিলাম,কারণ বড়বাবু ওটা আমায় অনেক আগেই জোগাড় করে এনে দিয়েছিল। এরপরই শুনলাম রাহুল আত্মহত্যা করেছে। মনে হাজার একটা প্রশ্ন এলো। সন্দেহের তালিকায় তো সকলে ছিল,তাই সকলের বাড়িতে আমি নজরদারি বসলাম আর নিজে নজর রাখলাম বিকাশ বাবুর বাড়ির ওপর। দেখলাম রাত্রে উনি বাড়ি থেকে বেরিয়ে একটা ট্যাক্সি ধরলেন,আমরাও ওকে follow করলাম এবং পৌঁছে গেলাম ঘটনার মূল উৎস স্থলে। দেখলাম তিনি লুকিয়ে আকাশের স্ত্রীয়ের সাথে দেখা করতেএসেছেন। আকাশের স্ত্রী গর্ভবতী,কিন্তু পরে আড়ি পেতে শুনলাম সেই সন্তান বিকাশ বাবুর। যেটা আকাশ জানতো না। আর বিকাশ বাবু আর আকাশের স্ত্রী একটা নতুন জীবন শুরু করতে চেয়েছিল। আকাশ ছিল তাদের পথে মূল কাঁটা। এছাড়াও আজ সকালে ওনার স্ত্রী,মৃত্তিকাকে জেরা করে পুলিশ এটাও জেনেছে যে বিকাশ আর মৃত্তিকার অনেক আগে থেকেই সম্পর্ক ছিল। কিন্তুবিদেশে চাকরির কারণে বিকাশ বাবু তার থেকে আলাদা হয়ে যায় এবং মৃত্তিকার বিয়ে হয় আকাশের সাথে। ওরা আসলে চেয়েছিল আকাশকে সরিয়ে আবার নিজেদের জীবন শুরু করতে। তাই এই খুন। আর এই হেলমেটটা বিকাশ বাবু নিজেই বদলে দিয়েছেন,যখন আকাশ বাড়িতে এসেছিল কিছু দিনের জন্য। আর আমার ধারনা নিজের ওপর থেকে সন্দেহের তীর সরানোর জন্য তিনিরাহুলকে আত্মহননে বাধ্য করেন।'

এত কথা শোনার পর সকলে চুপ করে গেল। সবার চোখে জল।
বড়বাবু সবাইকে ক্লাবটা খালি করতে বললেন। এবং গিরিশবাবু
কে বললেন-
'সত্যিই আপনি অতুলনীয়।'
-
'ছাড়ো। পরিবর্তিত রহস্য সমাধান হলো।এবার যাও,তোমার জন্য
 পুরস্কার অপেক্ষা করছে।'
-'পরিবর্তিত কেন?'
-
'কারণ রহস্য শুরু একদিকে শেষ আর এক দিকে তো তাই। ও তু
মি বুঝবে না।'
এই বলে গিরিশ বাবু চলে গেলেন।

আত্মা রহস্য

মুর্শিদাবাদ জেলার একটি গ্রাম।রাত দশটার পর এখানের রাস্তায় আর তেমন কেউ হাঁটা চলা করে না। গ্রামের খুব কাছেই রেলওয়ে স্টেশন।আজকে অমাবস্যার রাত।স্টেশনে একা বসে আছে রাজদীপ।রাত বাড়ছে।শহরে যাওয়ার শেষ ট্রেনটা আজকে late এ চলছে।রাজদীপ ছাড়া স্টেশনে আর তেমন কেউ ছিল না।হটাৎ করে রাজদীপের কানে একটা ঝাঁট দেওয়ার শব্দ এলো।সে দেখলো একজন স্টেশন ঝাঁট দিচ্ছে।হটাৎ সেই লোকটা ভয়ানক স্বরে বলে উঠলো-

"পা টা একটু তুলে বসুন বাবু।"

এরকম গলার আওয়াজ শুনে সে সামনের দিকে তাকালো।সে দেখলো লোকটার চোখ নেই।এই দেখে সে ভুত ভুত বলে দৌড়তে শুরু করলো।হটাৎ দৌড়তে দৌড়তে সে Rail line এ পড়ে গিয়ে অজ্ঞান হয়ে গেল।আর শহরে যাওয়ার শেষ ট্রেনটা তার বুকের ওপর দিয়ে রক্ত গঙ্গা বইয়ে দিয়ে স্টেশনে গিয়ে থামলো।

পরদিন,

"হিমেশ বাবু,এটা তো একটা স্বাভাবিক আত্মহত্যা বলে আমার মনে হচ্ছে।"-বললেন লোকাল থানার অফিসার কৃষ্ণেন্দু সমাদ্দার।

"তুমি পুলিশ কেষ্ট,আমি গোয়েন্দা।তাই তোমার আর আমার ভাবনা এক হবে না।"-বললেন গোয়েন্দা হিমেশ রায়।

-"তাতে কি আপনার আর আমার কাজটা তো একই। সত্য কে সামনে আনা।"

-"হাসালে তুমি কেষ্ট।আচ্ছা বলতো একটা ফুলকে ভালো লাগা,আর সেই ফুলটাকেই ভালোবাসা এই দুটো কথার মধ্যে পার্থক্য কোথায়?"

-"কোথায় আবার।আমি এতোটাও বোকা নই হিমেশ বাবু।"

-"আবার হাসালে তুমি।একটা ফুলকে যখন তোমার ভালোলাগবে তুমি তাকে গাছ থেকে তুলে নেবে।কিন্তু সেই ফুলকেই যখন তুমি ভালোবাসবে,তুমি তাকে না তুলে রোজ তাতে জল দেবে।এটাই পার্থক্য।"

-"ঠিক বলেছেন।"

-"এটা আমি বলিনি,বুদ্ধদেব বলেছেন।যাই হোক,আর সময় নষ্ট না করে বডিটাকে ময়নাতদন্তের জন্য পাঠাও।আর সেই সময় স্টেশনে যারা কর্মী ছিল,তাদের থানায় আনার ব্যবস্থা করো।"

-"ঠিক আছে।"

ওই দিন দুপুরে,

"sir,আমি কিছু জানিনা।বিশ্বাস করুন আমাকে।"-বললেন স্টেশনের ঝাড়ুদার।

"সত্যি করে বলুন কাল রাত্রে কি ঘটেছিল।"-বললেন হিমেশ বাবু।

-"কাল রাত্রে,আমি শুধু ওনাকে ঝাঁট দেব বলে পা টা তুলে বসতে বলেছিলাম। তারপরেই উনি ভুত ভুত করে লাইনের ওপর পড়ে গিয়ে অজ্ঞান হয়ে গেলেন।আমি বাঁচাতে গিয়ে দেখি ট্রেনটা পুরো মুখের সামনে।তাই আর এগোইনি আমি।"

-"আচ্ছা।আপনি কোন লেখকের বংশধর?"

-"মা মা মানে?"

-"না এত ভালো গল্প বলছেন তাই বললাম।"

-"আমি কোনো গল্প বলছি না sir,আমি সত্যি বলছি।"

-"ঠিক আছে বিশ্বাস করলাম।আপনি এখন আসতে পারেন।আর পুলিশকে না বলে আপনি কোথাও যাবেন না।কেষ্ট,কাল ready থেকো মৃতের বাড়ি যাবো একবার।"

ওই দিন রাত্রে,

সংবাদমাধ্যম :

"এই মুহূর্তের সবচেয়ে বড় খবর মুর্শিদাবাদ জেলার গ্রামের স্টেশনে ভুতের হানা।সকালে স্টেশনে উদ্ধার মৃতদেহ।স্টেশনের ঝাড়ুদারের কথায় মৃতব্যক্তি নাকি রাতে ভুত দেখে দৌড়তে গিয়ে line পড়ে যান এবং ট্রেনে কাটা পড়েন।পুলিশ তদন্ত শুরু করেছে।এখন খুনের কোনো কিনারা করা যায়নি।"

"এসব খবর বাইরে যায় কি করে কেষ্ট।আমি তো তোমাকে বারবার বললাম যাতে এসব বাইরে না যায়।কি রকম পুলিশ তুমি?একটা ছোট কাজ ঠিক ভাবে করতে পারো না।"-বললেন হিমেশবাবু।

-"মিডিয়া কে খবর কোনো গ্রামবাসী বা স্টেশন কর্তৃপক্ষ জানিয়েছে।আর ভূতের খবরটা ওই ঝাড়ুদারের থেকে ওরা জেনেছে।এতে আমার তো কিছু করার ছিল না।"

-"ঠিক আছে,এখন বাড়ি যাও।গ্রামের রাস্তা ভালো নয়।"

পরদিন;মৃতেরবাড়ি:

"আপনি তো রাজদীপের স্ত্রী।শেষ একমাসে যা যা ঘটেছে তা আমাদের details এ বলুন।"-বললেন হিমেশবাবু।

-"আমি যেটুকু জানি,যে ওনার কোনো শত্রু ছিল না।কারণ অফিসে ওনার কাজ কর্ম ভালো চলতো না।তাই ওনাকে স্বাভাবিক ভাবেই কেউ হিংসা করবে না বলেই আমার মনে হয়।আর শেষ একমাসের কথা বলছেন।ওনার তো কিছুদিন আগে কি একটা রোগ হয়েছিল,যার চিকিৎসা করাতে উনি শহরে যাচ্ছিলেন।আর সেখানে যে তেঁনাদের খপ্পরে পড়তে হবে কে জানতো!(কেঁদে ফেলেন)"।

-"বেশ মানলাম।আচ্ছা ওনার বা আপনার বাড়ির লোক?"

-"আমাদের সাত কুলে কেউ নেই।আমাদের দুজনেরই মা,বাবা মারা গেছেন,আর আত্মীয় বলতে তাদের সাথে কোনো যোগাযোগ নেই।"

-"আচ্ছা বেশ।চলি তাহলে।নমস্কার।"

গাড়িতে ফেরার পথে:

"কেষ্ট,তোমাকে যে কাজটা বলেছিলাম করেছ?"-বললেন হিমেশবাবু।

-"হ্যাঁ,আমি গ্রামে,রাজবাবুর অফিস সব জায়গা থেকে খোঁজ নিয়ে জেনেছি যে ওনার শত্রু কেউ ছিল না।আর উনি কোনো নেশাও করতেন না।কিছু দিন আগে ওনার পেটে একটা স্টোন অপরেশনের জন্য শহরে যাচ্ছিলেন।"

-"তাহলে আর কি!কেষ্ট এই case টা তুমি close করে দাও।আর তদন্তের দরকার আছে বলে মনে হয়না।ওই ঝাড়ুদারকে গ্রেফতার করার ব্যবস্থা করো।"

-"ঠিক আছে।"

২ দিন পর:

গ্রামে এক মহাসাধকের আবির্ভাব ঘটলো।এবং গ্রামে এসেই সে এক মহা সভার আয়োজন করলো।গ্রামে কুসংস্কার বিশ্বাসী প্রায় সকলেই।তাই ওই সভায় গোটা গ্রামের লোক উপস্থিত হল। "এই গ্রামে এক শয়তানের নজর পড়েছে।তোদের কারোর রেহাই নেই এর থেকে।কিছু দিন আগে ওই রাজদীপের মৃত্যুর কারণ ওই আত্মা।ঝাড়ুদারের কোনো দোষ নেই।আমি যে দিব্য দৃষ্টি দিয়ে দেখতে পাচ্ছি সেই কালো মেঘের ছায়া।গোটা গ্রাম একদিন তার নজরে ধ্বংস হয়ে যাবে।"-বললেন মহাসাধক কৃপানন্দ।

কেউ একজন বলে উঠলো-"তাহলে কি এর থেকে আমাদের সত্যিই রেহাই নেই?"

-"আছে আছে।তোদের ত্যাগ একমাত্র তাকে শান্ত করে দিতে পারে।"

-"কিন্তু আমাদের কি করতে হবে?"

-"আমি একটা মহা যজ্ঞ করবো।তার জন্য সকলকে কুড়ি হাজার টাকা করে দিতে হবে।না দিলে সে এই যজ্ঞে অংশ নিতে পারবে না।আর আত্মাদের হাত থেকে রেহাইও পাবে না।এবার ভেবে দেখ কি করবি তোরা।মা কালী যে আমায় পাঠিয়েছেন তোদের রক্ষা করতে।বেশ,আজকের সভা আমি এখানেই শেষ করলাম।"

সভা শেষ হওয়ার পর গ্রামের লোকেরা যে যার বাড়ি ফিরে যায়।এদিকে একজন অচেনা লোক কৃপানন্দের ঘরে ঢুকে পড়ে।

"ভুত তাড়ানোর নামে ব্যবসাটা ভালোই চালাচ্ছেন কৃপানন্দবাবু।"-লোকটি হেসে বললো।

"আমি কোনো ব্যাবসা করছি না।রাজদীপ বাবুর খুন হওয়ার পিছনে এক শয়তান আত্মার কাজ আছে।"-বললেন কৃপানন্দ বাবু।

-"তাই নাকি?"

-"হ্যাঁ তাই।"

"চুপ করুন।"-বলে চেঁচিয়ে লোকটি একটা পিস্তল সামনের টেবিলে রাখলো।আর বললো-"এবার আশা করি সত্যি কথাটা বলবেন।"

-"আপনি পুলিশ না গোয়েন্দা?"

-"ভিলেন।"

-"মানে?"

-"মানে রাজদীপকে খুন আমি করেছি।হ্যাঁ আমি অমিত সরকার।"

-"তাই তো ভাবছি,এত নিশ্চিত হয়ে আমায় ভন্ড বলছেন কেনো!তো খুনটা কেনো করলেন?"

-"বলছি,কিন্তু আপনি আগে বলুন এই ঘরে কোনো সিসিটিভি নেই তো?"

-"না নেই আপনি নিশ্চিন্তে বলুন।"

-"আমি একজন প্রোমোটার।একটা বড় প্রজেক্টর জন্য রাজদীপের বাড়িটা আমার খুব দরকার ছিল।বাড়ির বদলে আমি ওদের একটা ফ্ল্যাটও দেব বলেছিলাম।কিন্তু ওরা সবটা অস্বীকার করলো।তাই আমি ওকে খুন করে দেব ভাবি।আমি ওদের বাড়ির ওপর লোক লাগিয়ে জানতে পারলাম রাজদীপের পেটে একটা স্টোন হয়েছে।তাই ওকে যে doctor দেখতো তাকে আমি টাকায় কিনলাম।আর বললাম শহরের ট্রেন ধরার ঠিক আগে যেন ওকে ভুল ইনজেকশনটা দেওয়া হয়।উনি আমার কথা মতো রাজদীপকে শহরে যাওয়ার আগে দেখা করতে বলেন এবং ওই ইনজেকশনটা দিয়ে দেন।"

-"আচ্ছা এই ইনজেকশনটা কিসের?"

-"ওতে ড্রাগ ছিল।হ্যালুসিনোজেন ড্রাগ।এই ড্রাগ শরীরে অল্প মাত্রায় দিলেই লোকের মনে অবাস্তব চিত্র ফুটে ওঠে।লোকে শব্দ দেখতে পায়,আলো শুনতে পায়।"

-"মেরে ফেলার পর কি plan ছিল আপনার?"

-"ওটাই তো আপনি ঘেঁটে দিলেন।আমি ভেবেছিলাম কালকে আমি একজন গুরুদেব পাঠাবো রাজদীপের বাড়ি আর সে ভুতের একটা নাটক করে রাজদীপের ওই মূর্খ বউয়ের থেকে ওই বাড়ি লিখিয়ে নেবে।কারণ ওই বাড়ি ওর স্ত্রী এর নামে আছে।"

-"আমি আসলে বুঝতে পারিনি,আমায় ক্ষমা করবেন।"

-"ক্ষমা।আরে মশাই আপনি তো আমার কাজ আরও সোজা করে দিলেন।এবার আপনি যাবেন ওই রাজদীপের বাড়ি আর ওই বাড়ি লিখিয়ে আনবেন।"

-"এটা কোনো কাজ!ঠিক আছে তাই হবে।আর ২৫ তারিখ একটা অনুষ্ঠান করবো।আপনার থাকাটা খুব জরুরি।ওখান থেকেই আমি কাজ শুরু করবো।"

-"ঠিক আছে।চলি।"

২৫ তারিখের অনুষ্ঠানে:

কৃপানন্দের ভক্তুরা-"জয় বাবা কৃপানন্দের জয়।"

"এত প্রশংসা করিস না আমার।আমার যে এসব ভালো লাগে না।"-বললেন মহাশয় কৃপানন্দ।

-"বাবা আজকে কি মনে করে আপনি এই অনুষ্ঠানের আয়োজন করেছেন।আমাদের ভক্তদের আর অন্ধকারে রাখবেন না।"

-"আজকে যে এক মহান দিন।(mikeএ বললেন)অমিত বাবু কি উপস্থিত হয়েছেন?"

তার কথা মতো অমিত বাবু তার কাছে নির্ভয়ে এগিয়ে গেলেন।

"আরে আসুন আসুন।আপনার জন্যই তো অপেক্ষায় আছি।ওই দেখুন একটা বড় পর্দা লাগানো আছে ওই ধারে।ওই কে আছিস প্রোজেক্টরটা অন করতো।"-বললেন কৃপানন্দ।

প্রোজেক্টর অন হতেই অমিত বাবু অবাক হয়ে ভয় পেলেন।এ যে তার আর কৃপানন্দের সেই সমস্ত গোপন কথোপকথন চালানো হয়েছে।প্রায় সমস্ত গ্রামের লোক সেটা দেখলো।পুরো ভিডিওটা শেষ হওয়ার পর,হটাৎ চেঁচিয়ে অমিত বাবু বললো-

"বন্ধ করুন এসব।এগুলো সব মিথ্যে।আপনি একজন ভন্ড।আমাকে ফাঁসাচ্ছেন।আমি আপনার নামে মান হানির মামলা করবো।"

এটা দেখে গোটা গ্রাম উত্তপ্ত হয়ে উঠলো।তারা অমিতকে নিজের হাতে শাস্তি দিতে চাইলো।কিন্তু তারা কৃপানন্দকেও বিশ্বাস করতে চাইল না।তারা বললো-"আপনার মতো ভন্ডকে আমরা কি করে বিশ্বাস করবো?"

-"হ্যাঁ আমি মানছি,যে আমি আপনাদের কে নিয়ে খেলা করেছি।কিন্তু এটা না করলে রাজদীপের খুনিকে আপনারা কোনো দিন খুঁজে পেতেন না।আর জেলের ঘানি টানতো ওই নির্দোষ ঝাড়ুদার।সেটা কি ভালো হতো?কি হলো সবাই চুপ কেনো?"

-"আমাদের ক্ষমা করুন।আমরা যে আপনার কাছে চির কৃতজ্ঞ থাকবো।রাজদীপের মতো ভালো ছেলেকে ও খুন করেছে,আমরা ওকে ছাড়বো না।কিন্তু আপনি কে?আর এত কিছু করলেনই বা কি করে?"

কৃপানন্দ হটাৎ বলে-"কেষ্ট তোমার ফোর্সকে রেডি করো।আমি এদের একটু গল্প বলি।"

কৃপানন্দের ছদ্মবেশ ছেড়ে বেরিয়ে এলেন গোয়েন্দা হিমেশ রায়।ততক্ষণে পুলিশ অমিতের হাতে হাতকড়া পরিয়ে দিয়েছে।তারা তাকে নিয়ে যাবে তখন হিমেশ বাবু বললেন-

"আরে দাঁড়াও কেষ্ট।ওকে আগে গল্পটা বলি।আমি গোয়েন্দা হিমেশ রায়।গোয়েন্দা তাই খুনের খবর পেয়ে নিজেই এসেছিলাম কেষ্টর সাথে।প্রাথমিক ভাবে কিছুই সামনে আসেনি।তারপর আসে পাশের জায়গা থেকে রাজদীপের ব্যাপারে খবর নেওয়া শুরু করলাম।শুনলাম রাজদীপ খুব ভালো ছেলে আর জীবনে ব্যর্থ।তাই এই সব লোকের শত্রু খুব কম।সে নেশাও করেনি জীবনে।অথচ তার ময়নাতদন্তের রিপোর্ট এ লেখা যে তার শরীরে হ্যালুসিনোজেন ড্রাগ পাওয়া গেছে।এটা তো অসম্ভব।তার মানে তার শরীরে নিশ্চয় ওই ড্রাগ কেউ অজান্তে দিয়েছে নাহলে সে দুঃখের পথযাত্রী হয়ে নিজে নিয়েছে।কিন্তু দ্বিতীয়টা খুবই অস্বাভাবিক,কারণ শেষ কদিন রাজদীপ অনেক খুশিতেই ছিলেন।তাই প্রথমটার সম্ভাবনা বেড়ে যায়।কিন্তু ওর বাড়ির লোকও তেমন কেউ ছিল না বলে আমার ধারণা হয় যে নিশ্চয়ই বাইরের কেউ অন্য কোনো উদ্দেশ্যে এই কাজ করেছে।তাই আমি ঝাড়ুদারকে গ্রেফতার করতে বলে case টা পুরো ধামা চাপা দিয়ে দিই।আর এদিকে যে ডাক্তার রাজদীপকে দেখছিলেন তাকে গ্রেফতার করা হয়।এবং তার মুখ থেকেই আমরা অমিত বাবুর সব plan টা জানতে পারি।কিন্তু অমিত বাবুর খোঁজ আর কোনো শক্তিশালী প্রমান পুলিশ পায়নি।তাই আমার এই বেশ ধারণা।কারণ এই বেশ নেওয়ার ফলে অমিত বাবুর plan এ বাধার সৃষ্টি হয়,আর উনি বাধ্য হয়ে আমার কাছে

আসেন।আর তারপর ওনার কথোপকথন রেকর্ড করা হয়।ওই ঘরে কোনো সিসিটিভি ছিল না।তবে ক্যামেরা আমার জামার বোতামে লাগানো ছিল।আর কিছু কি জানার আছে আপনাদের?তবে আপনারা বড্ড সরল।নয়তো আমাকে এত সহজে বিশ্বাস করলেন!যখন দেখলেন যে ঝাড়ুদারকে গ্রেফতার করা হয়েছে।আপনারা তো দেখছি পুলিশের থেকে সাধকদের মানেন বেশি।"

 -"আমাদের ক্ষমা করুন আপনি।আমরা ভগবানের নাম শুনলে আর কাউকে অবিশ্বাস করতে পারি না।"

 -"বেশ,বুঝলাম অন্ধকার এখনো কাটেনি এই দেশে।অবশ্য হবে কি করে,যে দেশে বিজ্ঞানের ছাত্ররা মন্দিরে গিয়ে পড়ে থাকে,সেই দেশে বিজ্ঞানের প্রসার অসম্ভব।যান এবার বাড়ি যান আর গিয়ে ঠাকুর ঘরে গিয়ে বলুন যে ভগবান আপনাদের রক্ষা করেছে।"

ধীরে ধীরে সবাই মাথা নামিয়ে চলে যায়।পুলিশ অমিত বাবুকে নিয়ে চলে যায়।হিমেশ বাবু হাটতে গিয়ে মা কালীর ছবিটা নিজের অজান্তেই ফেলে দেন।তারপর উনি ওটাকে তুলে রাখেন এবং ভক্তিভরে নমস্কার করে জয় মা,জয় মা বলে চলে যান।

কল্পনায় বাঁচে বাস্তব

সরস্বতীপূজা প্রায় দরজায় কড়া নাড়ছে, এরকম সময় আয়নার সামনে দাঁড়িয়ে মনে হলো মাথার চুল গুলোর অবস্থা প্রায় amazon এর জঙ্গলে পরিণত হয়েছে। কিন্তু কাজের চাপে চুল কাটার সময়টা বার করা গেল না। অবশেষে পুজোর আগের দিন দুপুরের দিকে সময়টা এলো। কিন্তু কপালে দুর্ভোগ ছিল। গিয়ে দেখি দোকানে দু- তিন জন বসে আছে। অর্থাৎ আমার চুল কাটার সময় ওই দু- তিন জনের পর। বসে রইলাম একমনে। যিনি চুল কাটছেন তিনি চুল কাটতে কাটতে তার একজন পরিচিত বৃদ্ধ খদ্দের সুভাষ দাসের সাথে গল্প জুড়ে দিলেন। আর আমি বসে বসে তাদের সেই কথা গুলোর সাক্ষী রইলাম।

প্রথমে যিনি চুল কাটছেন তিনি শুরু করলেন-" আর এ সুভাসদা যে। তারপর বলুন সব কিছু কেমন চলছে?"

-(হতাশ হয়ে)" ওই চলছে। অবস্থা একদম ভালো নয় বুঝলে। হরেকৃষ্ণ!"

-"আর হরেকৃষ্ণ!!!সবারই এখন এই অবস্থা বুঝলেন।"

-" হ্যাঁ। যা বলেছ। হরেকৃষ্ণ!!!"

-"জানেন আমার বউয়ের সাথে পনেরো দিন কথা বন্ধ।"

-"হরেকৃষ্ণ!! কেন?"

-"আর কেন। গয়না করিয়ে দিইনি বলে আমাদের দুজনের joint account থেকে 25000টাকা তুলে নিয়েছে। তাও আবার আমাকে না বলেই।"

-"হায় রে। এরা বউ না অন্য কিছু!!"

-"কষ্ট করে জমানো টাকা। শালা!মনে হয় বিষ দিয়ে মের ফেলি। মরুক হারামজাদা। কিন্তু ওই যে পুলিশের ভয়,তাই আর এগোই না।"

এরপর কিছুক্ষণ দুজনে চুপ করে গেল,তারপর তিনি সুভাষ বাবু কে চুল কাটার জন্য ডাকলেন।

- " দাঁড়াও ভাই। আমার আগে এই বাচ্চাটার চুল কেটে দাও। ওরাই তো কৃষ্ণের অবতার। হরেকৃষ্ণ!"

-" আচ্ছা তাই হোক।(বাচ্চাটার দিকে তাকিয়ে) আয় বাবা বোস, তোর চুলটা কেটে দিই আগে।"

-"আর বুঝলে ভাই, সারাজীবনে একটা কথাই বুঝলাম এক টাকা রোজগার করা কত কষ্টের।"

-"সারাজীবন কত খেটে রোজগার করি,আর সেগুলো কেমন নিমেষের মধ্যে শেষ হয়ে যায়।"

-"না ভাই,আর কষ্ট পেয়ে লাভ নেই। তাড়াতাড়ি বাচ্চাটাকে ছাড়ো দিকি, আমার যে দেরি হয়ে যাচ্ছে।"

-"যাক কেউ তাহলে আমার কথা ভাবছে। জানেন দাদা আমার একটা ছোটো বোন ছিল। খুব কষ্ট করে মানুষ করে বিয়ে দিয়েছিলাম। সংসার চালাতে শহরের এক নেতার বাড়িতে কাজ করতো। জানেন একা পেয়ে ওই শয়তানটা আমার বোনের সম্মানহানি করলো। তারপর থানায় ডায়রি করতে গেলে তারা কোনো অভিযোগ নিলো না। আমার বোনটা পরে সমাজের ঘৃণা,মুখ দেখানোর লজ্জায় আত্মহত্যা করলো।"

-"(হতাশার সাথে) হরেকৃষ্ণ। এই বৃদ্ধ বয়েসে আর কত কি শুনতে হবে,দেখতে হবে কে জানে। জানো ভাই আমার ছেলের বিয়ে দিলাম এই ধরো পাঁচ মাস হলো। ছেলের আমার প্রেম করে বিয়ে। বৌমাও খুব ভালো ছিলো। কিন্তু তাকেও মরতে হলো আত্মহত্যা করে। একদিন অফিস থেকে ফেরার সময় কয়েকটা শয়তান মিলে সম্মানহানি ঘটালো ওর। পুলিশ অভিযোগ নিলো কিন্তু যখন জানতে পারলো যে অপরাধী এক নেতার ছেলে তখনই case টা পুরো close করে দিলো,আর বেশি এগোলে মিথ্যে অভিযোগে ফাঁসিয়ে দেবে বললো।"

-"হায় রে। সবই তো কপাল। হয়তো কপালে সুখ ছিল না তাই এরকম হয়েছে আমার বোন আর আপনার বৌমার সাথে।আচ্ছা আসুন এবার আপনার চুলটা কেটে দিই।"

কথোপকথনের পালা প্রায় এখানেই শেষ হয়ে গিয়েছিল। এরপর সুভাষ বাবু চলে গেলেন।আমিও চুল কাটা শেষ করে বাড়ি এলাম। টাকা দেওয়ার সময় দেখলাম লোকটার চোখের কোণে জল জমেছে।

বাড়ি এসে শুধু দোকানের ওই কথা গুলো মনে পড়তে থাকলো। ভাবতে লাগলাম নেতাজির দেশে আজ কি সব ঘটছে। এখানে

তো সবারই সমান অধিকার। তাহলে কেন দেশের উঁচুদরের লোকেরা সবসময় প্রাধান্য পাবে। কোথাও তো এটা লেখা নেই,যে কোনো নেতা বা মন্ত্রীর কথায় পুলিশ চলবে বা এটা বলা নেই যে তারা অপরাধ করলে তাদের টাকার বিনিময়ে ছেড়ে দিতে হবে। আইন কি তাহলে একটা কল্পনা হয়ে গেল?যে কল্পনাকে ধরে আমরা বাস্তবে বেঁচে আছি। যে বাস্তবটার মূল কথা একটাই- "জোর যার মুলুক তার"।

আলো আঁধারীর রূপকথা

শীতের রাত। চারিদিকে কুয়াশা। একজন ব্যক্তি লণ্ঠন হাতে চলেছেন। গ্রামের সবচেয়ে পুরোনো রাজবাড়ি পেরিয়ে তাকে বাড়ি যেতে হবে। অন্যদিন দুপুর বেলায় তিনি বাড়ি ফেরেন, কিন্তু আজ রাত হয়ে গেছে। চারিদিক থেকে ভেসে আসছে শেয়ালের ডাক। লণ্ঠন হাতে তিনি রাজবাড়ি পেরোতে যাবেন, হটাৎ তিনি এক কান্নার শব্দ পেলেন। শীতের রাতে এই কান্নার শব্দ যেন তার পিছন থেকে আসছে। তিনি পিছনে ফিরলেন আর দেখলেন এক রানীর বেশে মহিলা, তার চোখ থেকে রক্ত পড়ছে। তিনি দেখে খুব ভয় পেয়ে ছুটতে শুরু করলেন এবং কোনো মতে বাড়ি ফিরলেন। গ্রামের লোক তার ভূত দেখার কাহিনী শুনলেন। এরপর আর ও কিছু ভুতুড়ে ঘটনা ওই রাজবাড়ীর সামনে ঘটলো এবং রাজবাড়ি ধীরে ধীরে পরিণত হলো ভুতুড়ে বাড়িতে। এই ঘটনার প্রায় দিন চারেক পরে এক তান্ত্রিক গ্রামে এলেন। ভূত তাড়ানোর উদ্দেশ্যে তিনি ওই রাজবাড়ীর সামনে এক যজ্ঞের আয়োজন করলেন। যজ্ঞ চললো সারাদিন। তিনি তার তান্ত্রিক ক্ষমতার দ্বারা ওই জায়গা থেকে আত্মাদের দূর

করলেন। ধীরে ধীরে ওই তান্ত্রিকের নাম গোটা গ্রামে ছড়িয়ে পড়লো।

গ্রামের বেশ কিছুটা দূরে শহরের এক college এ পদার্থবিজ্ঞানের class চলছে। class এর সবচেয়ে ভালো ছেলে রক্তিম আজ sir কে একটা question করলো-

" sir আমরা যে জ্যোতিষচর্চার কথা বলি ওটার মধ্যে কি science আছে sir?"

 class এর মেয়েদের মধ্যে সেরা হলো মেঘলা। রক্তিম এর সাথে তার সম্পর্কও ভালো নয়। সবসময় ওদের মধ্যে একটা মতবিরোধ চলে। রক্তিমের এই প্রশ্নটি শুনে সে বলল-

"রক্তিম কি আবার জ্যোতিষচর্চা শুরু করবি নাকি?" এই কথায় রক্তিম একটু রেগে গিয়ে বলল-

"তোর তাতে কি? sir আপনি answer টা দেবেন কি?"

 sir ও এবার হেসে ফেলে বললেন , "আচ্ছা তুমি আমাকে এই question টা পরেও তো বলতে পারতে। আচ্ছা পরে একবার আমার সাথে দেখা করো,আমি উত্তর দেবো।"

পরদিনই রক্তিম sir এর বাড়ী যায়,তার প্রশ্নের উত্তর খুঁজে বার করার জন্য। দুজনে chair এ বসলো। রক্তিম তার প্রশ্নটা বলতে যাবে,ঠিক তখনই sir বললেন-

 "মেঘলার সাথে এত ঝগড়া করিস কেন?"

-"sir মানে আমি তো কিছু করিনা। আমার সব ব্যাপারে ও নাক গলায় কেন?"

-"তোর বন্ধু হয়তো নাকি? নাক গলাতেই পারে। সেই জন্য ওর সাথে সব সময় খারাপ ব্যবহার করবি, এটা কি ঠিক?"

-"না মানে sir...."

-"আচ্ছা আর অত আমতা আমতা করতে হবে না। এবার আমার একটা প্রশ্নের উত্তর দে দেখি।"

-"কি প্রশ্ন sir? না মানে প্রশ্ন তো আমি আপনাকে করতে এলাম।"

-"আহঃ! ওসব পরে হবে। আগে বল মেঘলা কে তোর কেমন লাগে? মানে ভালোবাসিস ওকে?"

-"sir এসব কি বলছেন বলুন তো। আমি আর মেঘলা,অসম্ভব।"

-"তাই। দেখ আমি teacher হয়ে তোকে help করছি। হাতের লক্ষ্মী পায়ে ঠেলিস না।"

-"sir এবার আপনি বলুন ওরকম একটা মেয়ের সাথে সারাজীবন কাটানো যায়? ওর যদি এইরকম স্বভাব না হতো তাহলে আমি ওকে এত দিনে propose করে দিতাম।"

হটাৎ একটা নারী কণ্ঠে কে যেন বলে উঠলো-" তোর জন্য আমি সব কিছু করতে প্রস্তুত। শুধু একবার বল যে তুই আমায় ভালোবাসিস।"

রক্তিম চমকে উঠে পিছনে ফিরে দেখে মেঘলা দাঁড়িয়ে। সে বলল-"তুই এখানে।"

sir এবার হেসে বললেন-"ওকে আমি ডেকেছি। কাল তুই যখন ফোনে বললি যে আজ আসবি। তার ঠিক পরেই ও phone করে কাঁদতে কাঁদতে আমাকে জানায় যে ও তোকে ভালোবাসে। এবং

তোকে বোঝানোর দায়িত্বটা যেন আমি নিই। আমি প্রথমে রাজি হয়নি কিন্তু তারপর হটাৎ কি মনে হলো,তাই তখনই আমি ওকে ডাকলাম।

রক্তিম chair ছেড়ে উঠে মেঘলার কাছে গেল। মেঘলা রীতিমেতো ভয় পেয়ে তার চোখের দিকে তাকালো। রক্তিম তাকে বললো-

"পাগলী ভালোবাসিস আর সেটা আমাকে বলতে sir এর help নিতে হলো।"

মেঘলা বললো-"আমি তো ভয় পেয়েছিলাম কি করবো বল।"

-"আচ্ছা ঠিক আছে। যা এখান থেকে। ওসব ভালটালো বাসা আমার দ্বারা হবে না।"

এটা শুনে মেঘলা কেঁদে ফেললো। sir এতক্ষণ চুপ করে বসে সিনেমা দেখছিল। রক্তিম এর কথা শুনে তিনি বললেন-"রক্তিম ভেবে দেখ কিন্তু।"

-"আমার যা ভাবার তা ভাবা হয়ে গেছে। মেঘলা আমার জন্য নয়।"

sir রক্তিম কে আবার বোঝাতে যাবে। এমন সময় মেঘলা বললো-" ঠিক আছে sir,আপনকে আর কষ্ট করতে হবে না। আমি আসছি।" এটা বলে সে চলে যেতে যাবে এমন সময় রক্তিম তার হাত ধরে বলে-"বড্ড ভালোবাসি রে তোকে। আর এই কথাটা না বলতে পারলে মরেই যেতাম রে।"

মেঘলা রক্তিমের মুখ হাত দিয়ে চেপে বললো-"মরার কথা একদম বলবি না। তুই মরে গেলে আমি বাঁচবো কি নিয়ে?"

এরপর একে অপরকে জড়িয়ে ধরে।এবার sir একটু গলা ঝেড়ে বলেন-"হলো রে তদের? আর কতক্ষণ চালাবি সিনেমাটা?"

রক্তিম আর মেঘলা sir কে প্রণাম করে। sir এবার রক্তিম কে বলেন -" তোর প্রশ্ন টা এবার বলতে পারিস।"

-" হ্যাঁ, sir বলছি জ্যোতিষচর্চার কি কোনো বৈজ্ঞানিক ভিত্তি আছে?"

-" না একদমই নেই। প্রমাণ চাস নাকি?"

রক্তিম এটা শুনে বললো -"প্রমান কি করে পাবো?"

-"তাহলে চল আমার সাথে গ্রামের দিকে। ওখানে শুনছি একজন তান্ত্রিক এসেছে। সে নাকি গ্রামের ভুত তাড়িয়ে গ্রাম বাসীদের রক্ষা করেছে। চল আমরা ওখানেই যাবো। ওখানে আমার দেশের বাড়ি আছে।আমরা ওখানেই থাকবো।রাজি?"

এটা শুনে ওরা (মেঘলা আর রক্তিম) বললো-

"কিন্তু আমাদের বাড়ির লোকেদের কে বোঝাবে?"

এটা শুনে sir বললেন-"ওই দায়িত্ব আমার।"

কথা মতো কাজ হলো। sir তার দুই student কে নিয়ে সোজা চলে এলেন গ্রামে। রক্তিম অনেকবার প্রশ্ন করেছে যে sir এখানে কেন এলেন, কিন্তু কোনো উত্তর সে পায়নি।

সেখানে তারা sir এর ই এক আত্মীয়ের বাড়ি উঠলেন। রাত 10টা,গ্রামের বাড়িতে সবাই ঘুমিয়ে পড়েছে। তখনই sir , রক্তিম আর মেঘলা কে নিজের ঘরে ডাকলেন। এবং বললেন-

" যেটা বলছি মন দিয়ে শোন। আমরা কাল ওই তান্ত্রিকের কাছে যাবো। তোরা গ্রামের সাধারণ পোশাকে সাজবি।"

আগ্রহের সাথে রক্তিম প্রশ্ন করলো -" কেন? আমরা ওখানে গিয়ে কি প্রমান করবো?"

sir শুনে বললেন "তোর প্রশ্নের উত্তর পাবি তুই।"

এরপরই বললেন-" শোন যা করতে হবে বলি। কদিন আগে থেকেই শুনছি যে এই গ্রামে একের পর এক বাচ্ছা নিখোঁজ হয়ে যাচ্ছে। আর সেই সমস্ত বাচ্ছাদের ফিরিয়ে আনার কারনে নাকি পরশু দিন এখানে যজ্ঞ হবে। ওই যজ্ঞ করলেই নাকি সবাই ফিরে আসবে।"

এরপর রক্তিম বলে- "তাহলে ওরা পুলিশ কে জানায় না কেন?"

এটা শুনে sir হাসেন আর বললেন-"এখানের গ্রামবাসীরা পুলিশ,science,আধুনিকতা এসব বোঝে না। ওরা খুব সরল। পুলিশও এখানে তান্ত্রিক কেই বিশ্বাস করে।"

-"তাহলে আমরা কি করবো sir?"

-"ভালো করে শোন,তোরা গ্রামের পোশাকে ওই তান্ত্রিকের কাছে গিয়ে বলবি যে তোদের ছেলে হারিয়ে গেছে। মেঘলা ওখানে গিয়ে কোনো কথা বলবি না। চুপ করে থাকবি। আর একটা কথা তান্ত্রিক যা বলবে তাতেই হ্যাঁ বলবি। কারণ একবার তান্ত্রিক মিথ্যে প্রমান হলে তার আশেপাশের লোক তোকে আর আস্ত রাখবে না।"

পরদিন কথা মতো রক্তিম আর মেঘলা সেখানে যায়। কথা মতো মেঘলা চুপ থাকে। তান্ত্রিক রক্তিম কে ডাকলে সে এগিয়ে যায়। তান্ত্রিক বলে-

"বল তোর কি সমস্যা?"

-"সম্যসা মানে বাবা, আমি আমার ছেলে কে কাল থেকে খুঁজে পাচ্ছিনা।"

এরপর ওই তান্ত্রিক মাথা নেড়ে , কত গুলো মন্ত্র বলে তাকে জানালো-

"অভিশাপ!অভিশাপ লেগেছে তোর ওপর। ঘোর অভিশাপ।"

-"কি অভিশাপ বাবা?"

-"তোদের বাড়িতে একসময় কালি পুজো হতো।অকারনেই তা বন্ধ করেছিলিস তোরা তাই না।"

রক্তিমের কিছুতেই মনে পড়লো না কবে তার বাড়িতে কালি পুজো হতো। তাও সে বললো

-"হ্যাঁ বাবা হতো তো। আর্থিক কারণে সেটা বন্ধ করে দিয়েছি।"

-"আর সেইজন্যই মা এর অভিশাপ পেয়েছিস তুই। তাই তোর ছেলে নিখোঁজ আজ। শোন এই অভিশাপ থেকে মুক্তি পেতে আমি যজ্ঞ করবো, সেখানে একটা পুজো দিয়ে যাস।"

-"আচ্ছা বাবা তাই হবে।"

এটা বলে মেঘলা আর রক্তিম সেখান থেকে চলে যায়। সন্ধ্যায় sir ,রক্তিম কে বলেন-"কিরে তোর প্রশ্নের উত্তর পেলি?"

-"খুব পেলাম sir। এবার বুঝলাম এইসব তান্ত্রিকদের যেটা বলা হয়, ওরা তার ওপরেই কথা বলে। এর কোনো বৈজ্ঞানিক ভিত্তি নেই। তাহলে sir আমরা কালই শহরের পথে রওনা দিই?"

-"হ্যাঁ অবশ্যই। তবে মেঘলা কোথায়?"

-"ওতো অনেকক্ষণ বেরিয়েছে। এখনো তো ফিরলো না।"

-"এখানে রাতের পথ ভালো নয় রক্তিম, চল আমরা আশপাশটা একটু খুঁজে দেখি।"

তারপর এই ওরা দেখলো মেঘলা প্রায় দৌড়ে ঘরে ঢুকলো হাঁপাতে হাঁপাতে। তাকে দেখে রক্তিম কি হয়েছে জানতে চাইলে সে জানায়-"আমি দেখেছি। বাচ্ছাদের তুলে নিয়ে যাওয়া হয় রাজবাড়িতে আর এর পিছনে মুল মাথা হলো ওই তান্ত্রিকের। sir দেখুন আমি video ও করেছি। আজ আমার সামনে থেকে একজন বাচ্ছা কে তুলে নিয়ে যাচ্ছিল ওরা, তার ই video আমি আড়াল থেকে করেছি। এই দেখুন sir, আমাদের ওই বাচ্ছা গুলো কে বাঁচাতেই হবে sir, যে করেই হোক।"

এটা শুনে রক্তিম বললো -"তাতে তোর কি , যাদের বাচ্ছা তারা বুঝবে।"

মেঘলা বললো-"না রক্তিম ওরা বাচ্ছা, আমার খুব কষ্ট হচ্ছে ওদের জন্য।"

সব শুনে দেখে sir বললেন-"খুব risky কাজ করেছিস কিন্তু , যেকোনো সময় বিপদ হতে পারতো। কিন্তু কাল আমাদের শহরে ফিরতেই হবে। দাঁড়া আমি একটা phone করে আসছি।"

কিছুক্ষণ পর sir ফিরেএসে বললেন -" সব ব্যাবস্থা হয়ে গেছে। কাল আমরা শহরে ফিরবো।"

মেঘলা বললো-"কিন্তু ওই নিরীহ বাচ্ছা গুলোর কি হবে sir? আমি কিছু জানি না, আমাকে ওদের বাঁচাতেই হবে। আমি চললাম পুলিশ এর কাছে।"

এটা শুনে sir হাসেন এবং বলেন -" শোন তাহলে বলি,আমি শহরের বড়ো পুলিশ অফিসারের সাথে কথা বললাম এই মাত্র।

তার কথা শুনে আমার যা মনে হলো সেটা হলো এই তান্ত্রিক কোনো পাচারকারী চক্রের সাথে জড়িত আর এই অঞ্চলের পুলিশ ও ওদের support করে, তাই তুই কিছু করতে পারবি না। আমি যেটা বলছি শোন আমরা কাল গ্রাম থেকে বেরিয়ে তোর phone এর video টা পুলিশ কে দিয়ে দেব। তারপর ওরা যা করার করবে। এবার happy?"

sir এর decesion সকলের পছন্দ হয়। পরদিন সকালে গ্রাম থেকে যাত্রা করে শহরের পথে। তারা শহরে গিয়ে পুলিশ কে সব video টা দেয়। ওই দিন রাত্রেই নিউজ channel এ হেডলাইন এলো যে গ্রামের ওই তান্ত্রিক নাকি পাচারচক্রের সাথে জড়িত এবং এখানে ওই গ্রামের পুলিশরাও জড়িত।তাদের খবর অনুযায়ী- "রাজবাড়িতে ভুত আছে বলে গ্রামবাসী কে তিনি প্রথমে ভয় দেখান এবং পরে গ্রামে এসে যজ্ঞ করে নাকি ভুত তাড়ান এবং মানুষের বিশ্বাস অর্জন করে। বাচ্ছা পাচার এর জন্যই তান্ত্রিক এত কাঠখর পুড়িয়ে গ্রামে এসেছিলেন। এরপর তার গ্রাম থেকে পালানোর plan ছিল বাচ্ছাদের নিয়ে। কিন্তু এক অজ্ঞাত পরিচয় ব্যক্তির চেষ্টায় তার plan পুলিশ ধরে ফেলে।"

পরদিন college এ রক্তিম, sir কে বলে-" দেখলেন sir আমরা এক কাজে গেলাম আর একটা অন্য কাজ করে চলে এলাম। তবে মেঘলা যেটা করেছে সত্যি risky কাজ।"

-"কিন্তু ওর জন্যই তো এত গুলো বাচ্ছা ফিরে এলো। ও মিডিয়ায় সামনে নিজের নাম প্রকাশ করেনি ঠিক কিন্তু সবার অন্তরালে ও যা করলো তা সত্যি অতুলনীয়। তুই ভাগ্য করে girlfriend পেয়েছিস।"

-"পুরোটাই আমার কাছে একটা রূপকথার মতো লাগলো। কোথা থেকে কি ঘটে গেল। একটা ছোট প্রশ্নের উত্তর পেতে গিয়ে আমরা কি ঘটিয়ে ফেললাম।আমরা অন্ধকার কে আলোকিত করলাম।"

-"সত্যি পুরোটাই যেনো রূপকথা। আলো-আঁধারীর রূপকথা।"

The Virtual Death

"virtuality will destroy Reality"- Paul Virilio.

পর্ব – ১

আকাশ তখন রক্তবর্ণ রূপ ধারণ করেছে,দেখে মনে হচ্ছে হয়তো নতুন বছরের প্রথম কালবৈশাখীটা আজকেই আসবে। রূপ আজকে প্রথম বারের জন্য প্রিয়াদের বাড়ি এসেছে। ওদের প্রায় আজ দেড় বছরের প্রেম। প্রিয়ার বাবা,মা কর্মসূত্রে বাড়ির বাইরে গেছে,তাই লুকিয়ে রূপ আজ প্রিয়ার সাথে দেখা করতে এসেছে।

"জানিস প্রিয়া,তোকে একটা কথা অনেকদিন ধরেই বলবো ভাবছি।"-দীর্ঘনিঃশ্বাস ফেলে বললো রূপ।

"হ্যাঁ বল,কি বলবি?"-বললো প্রিয়া।

-"দেখ এই দেড় বছরে তোর শরীর হয়তো আমি অনেকবার নিয়েছি।কিন্তু আমি তোকে বিয়ে করতে পারবো না।"

-"মানে পাগল নাকি তুই? কি বলছিস ???"

-"sorry আমি দিশানী কে ভালোবাসি।"

-"এটা হতে পারে না রূপ,তুই মজা করছিস তো আমার সাথে ??"

-"কিসের মজা? না আমি মজা করছি না।দেখ এই দেড় বছরে অনেকবার তোর সাথে শুয়েছি।এখন আমার মনে হচ্ছে তোর সাথে আমি satisfied হতে পারবো না।"

-"তাই বলে ছেড়ে চলে যাবি? তুই তো আমাকে ভালোবাসিস বল।"

-"তোকে আমি ভালোবাসবো? কিসের জন্য রে? না তোকে দেখতে ভালো,না ঠিক ঠাক তোর শরীর।আর ওদিকে দিশানী!উফ যা দারুন সেক্স করে না,পুরো একটা পর্নস্টার কে হার মানাবে।ও হ্যাঁ, ওর সাথে আমার দুবার শোয়া হয়েও গেছে।"

-"তুই কি সব বলছিস রূপ?? না এটা হতে পারে না। দেখ এরকম করিস না,আমি তোকে ভালো রাখবো।"

-"কিন্তু আমি তো তোকে ভালোবাসি না।আর এই আমি চললাম।"

-"যাস না,যাস না রূপ।রূপ আমার কথাটা শোন।"

কোনো কথাই শুনলো না রূপ।তীরের বেগে বেরিয়ে গেল বাড়ি থেকে। প্রিয়া রইলো এই বাড়িতে একা।

এই ঘটনার ২ বছর পর :

দিশানী আর রূপ এখন বিবাহিত।এই চার মাস হলো,ওদের বিয়ে হয়েছে।

রূপ এখন একটা প্রাইভেট কোম্পানিতে কাজ করে।ফিরতে তার রাত হয়।আজও স্কুলের সামনের সেই খালি রাস্তাটা দিয়ে রূপ বাড়ি ফেরে হেঁটেই,যেহেতু অফিস খুব সামনে।আজও সে ফিরছে ওই পথ ধরে।

 হঠাৎ তার মনে হলো,পিছন থেকে কেউ তাকে follow করছে।কোনোরকমে সে বাড়ির দরজা অবধি পৌঁছলো।কলিং বেল টা ভয়ে সে জোরে জোরে বাজাতে লাগলো।ভিতর থেকে দরজা খোলার শব্দ।দরজাটা খুলতেই রূপ দেখলো দিশানী হাতে একটা ছুরি নিয়ে তার দিকে তাক করে রেখেছে।রূপ আরও ভয় পেয়ে কি হয়েছে সেটা বোঝার আগেই দিশানী ছুরিটা রূপের বুকে বসিয়ে দিল।

রূপের বুক দিয়ে ঝর্ণাধারার রক্ত বেরিয়ে আসতে থাকলো।সে মাটিতে পড়ে গেলো।এরপর দিশানীও সেই রক্তাক্ত ছুরিটা নিয়ে নিজের পেটে বসিয়ে দিলো।

পর্ব-২

সংবাদমাধ্যম : "আপনাদের জানিয়ে রাখি এই মুহূর্তের সব চেয়ে গুরুত্বপূর্ণ খবর,নিউটাউন এলাকার একটি বাড়ি থেকে উদ্ধার ২টি মৃতদেহ।একটি পাওয়া যায় বাড়ির দরজার কাছে,অপরটি পাওয়া যায় বাড়ির ছাদে।পুলিশ এই মুহূর্তে তদন্ত শুরু করেছে।"

"এই ঠিক এই কারণে তোর সাহায্য আমার লাগবে অর্জুন।দুটো খুন,কিন্তু দু জায়গায় কেন?"-বললেন অর্জুনের বন্ধু পুলিশ অফিসার কর্ণ।

-"দেখ কর্ণ,আমি আমার সাধ্য মতো চেষ্টা করবো।তবে কি জানিস তো,আমি তো আর পুলিশের লোক নই।একজন সামান্য চাকুরীজীবী মাত্র,শখে ২-১টা case solve করেছি।তো এবারের টাও চেষ্টা করবো।"

-"ভাই আমাকে একটা কথা বল।এই স্বামী,স্ত্রী দু দুজনকে খুন করে দিলো!এটা কি কারণে হতে পারে বলতো??"

-"পুলিশটা আমি না তুই?"

-"না তাও একটু হেল্প কর।"

-"চল আগে আশে-পাশে যারা থাকে তাদের মুখ থেকে শুনতে হবে,ওদের সংসার কেমন ছিল।"

-"আচ্ছা চল,let's start our journey,সুধীর গাড়ি বার করো।"

অর্জুন,কর্ণ আর কয়েকজন পুলিশ অফিসার মিলে পৌঁছলো murder স্পটে।সেখানে পুলিশ জায়গাটা ঘিরে রেখেছে।

"খুনটা এখানে হয়েছিল?"-কর্ণকে জিজ্ঞাসা করলো অর্জুন।

-"হ্যাঁ, একটা এখানে আর একটা বাড়ির ছাদে।"

-"আশে পাশে যে সমস্ত বাড়ি গুলো আছে চল ওখানে আগে ঘুরে আসি।একটা কাজ কর তুই ভিক্টিমদের ফোন গুলো থেকে কোনো ইনফরমেশন জোগাড় করতে পারিস কিনা সেটা চেষ্টা কর।"

-"হ্যাঁ, আমি আপাতত খোলার ব্যবস্থা করছি ফোন গুলো।"

এরপর সবাই মিলে ওই অঞ্চলের সমস্ত বাড়ি ঘুরে নানান প্রশ্ন করতে থাকে।কিন্তু সব বাড়ি থেকেই একটা উত্তরই আসে।সেটা

হলো রূপ আর দিশানীর সম্পর্ক খুব ভালো ছিলো।even ওদের মধ্যে ঝগড়াও হতো না।

"জটিল সমস্যা"-বললো কর্ণ

"একটা time machine পাওয়া গেলে ভালো হতো বুঝলি ভাই।ট্রাভেল করে দেখে নিতাম যে কে খুনি।"-কর্ণর কথার জবাবে বললো অর্জুন।

-"রহস্য দানা বাঁধছে,বুঝলে বন্ধু।"

-"এবার প্রশ্ন হলো রহস্য নিজে দানা বেঁধেছে নাকি তাকে জোর করে দানা বাঁধানো হয়েছে।"

হঠাৎ বাইরে থেকে একজন পুলিশ এসে বললো -"sir সব কটা ফোন চেক করা হয়ে গেছে।"

-"good, তো কি পেলে ফোনে?"

-"কিছু পাওয়া যায়নি sir, দুটো ফোনই খুনের আগে ফরম্যাট মারা হয়েছে।even দুটো ফোনে মেমোরি কার্ড নেই।"

"অর্জুন!তার মানে..."(কর্ণ)

-"তার মানে একজন তৃতীয় ব্যক্তি আছে,যে ওদের দুজনের মোবাইলের পাসওয়ার্ড জানে,অথবা সে একজন হ্যাকার।"

-"এ কি আদৌ খুন? নাকি খুনের মতো সাজানো একটা সুইসাইড??"

দুজনে এই জটিল সমস্যার সমাধানে যখন ব্যাস্ত ঠিক তখনই পিছন থেকে এলো নারী কণ্ঠ।সে বললো-

"সমস্ত শরীর ঢেকে দাও,

পৃথিবীর দিকে পাশ ফিরে শুই।
তুমি ঠিকঠাক চলে যেতে পেরেছিলে,
একদিন আমিও বানপ্রস্থে যাবো তিলেতিলে।"
সবাই চমকে গিয়ে পিছনে তাকাতেই দেখলো নীল কুর্তি পরে দাঁড়িয়ে রয়েছে রূপের প্রাক্তনী প্রিয়া।

পর্ব-৩

"আরে প্রিয়া, তুই এখানে?"-অবাক হয়ে প্রশ্ন করলো অর্জুন।

-"আসতে পারিনা নাকি?"(প্রিয়া)

"না আসতে তো অবশ্যই পারো,তুমি তো আবার আমাদের অর্জুনের দ্রৌপদী বলে কথা।"-বলে হেসে ফেললো কর্ণ।

"এই একদম মজা করবি না কর্ণ।"(অর্জুন)

"কর্ণ দা,তুমি কি যে বলো না।"(প্রিয়া)

"বিয়ে টা করে নে ভাই,অনেকদিন বিয়ের নিমন্ত্রণ খাওয়া হয়নি।"(কর্ণ)

"হ্যাঁ, সেতো করবোই।"(অর্জুন)

"প্রিয়াকে এখানে আজকে আমি ডেকেছি।"(কর্ণ)

"হ্যাঁ, অর্জুন তোমাকে বলার সময় হয়নি।তোমার ফোনটা busy পাচ্ছিলাম।"(প্রিয়া)

"না না সে ঠিক আছে।কিন্তু কর্ণ,প্রিয়া কে হঠাৎ ডাকলি,মানে কি হয়েছে?"(অর্জুন)

"হ্যাঁ, আসলে আমাদের এই কেস টা যাকে নিয়ে,মানে রূপ।আসলে এই রূপেরই প্রাক্তনী ছিল তোমার হবু বউ প্রিয়া।কি প্রিয়া তাই তো?"(কর্ণ)

"হ্যাঁ।রূপই আমার প্রাক্তন ছিল।"(প্রিয়া)

"ওহঃ তার মানে এই সেই রূপ।"(অর্জুন)

"হ্যাঁ, বলো কর্ণ দা, আমি কি ভাবে তোমাদের সাহায্য করতে পারি?"(প্রিয়া)

"হ্যাঁ, তুমি বলো মানে রূপ ছেলেটা কেমন ছিল??? মানে ভালো না খা ... sorry অবশ্যই খারাপ ছিল। নাহলে তোমাকে কেনো ছেড়ে যাবে।তো তোমাকে ছেড়ে যাওয়ার কারণ কি ছিল?"(কর্ণ)

"না দেখো,ও একটা খুব মানে খুবই খারাপ ছেলেই ছিলো।আমার এই শরীরটাকে একসময় রোজ ছিঁড়ে খেয়েছে।তারপর একদিন বলে যে আর সম্পর্কে থাকতে পারবেনা। ওর নাকি নতুন প্রেমিকা হয়েছে দিশানী নামে।"(প্রিয়া)

"তোমাদের আলাপ কি ভাবে?"(কর্ণ)

"আমি আর ও একসাথে কলেজে পড়তাম,সেই থেকেই আমাদের আলাপ।প্রথম প্রথম আমার জন্য কলেজে জায়গা রাখা,একসাথে ক্যান্টিনে বসে টিফিন খাওয়া,তারপর ঘুরতে যাওয়া সব করতো।আসতে আসতে আমার বিশ্বাস বাড়তে থাকে ওর ওপর।একদিন ও বলে যে আমার সাথে সেক্স করবে।বিশ্বাসের জোরে আমি রাজি হয়ে যাই।আর তারপরই...."।(প্রিয়া)

"হুম বুঝলাম।কিন্তু অর্জুন তুই বল.. একি অর্জুন কোথায় গেলো?"(কর্ণ)

"আমি তো খেয়াল করিনি ও তো এখানেই.."(প্রিয়া)

"এই তোমরা অর্জুনকে দেখেছো?"(কর্ণ)

"হ্যাঁ, sir তো বাইরে গেলেন।"(থানার অন্য পুলিশরা)

থানা থেকে সবাই বেরিয়ে অর্জুনকে খুঁজতে গেলো।কোথাও নেই অর্জুন।অবশেষে থানার পিছনে যেতেই সবার চোখ মাথায় উঠে গেলো।একি দৃশ্য!!!!! অর্জুন একটা পুলিশের মৃতদেহ থেকে মাংস ছিঁড়ে খাচ্ছে।প্রিয়া ভয়ে বমি করে ফেললো।কর্ণ অর্জুনকে আটকাতে গেলো।কিন্তু ততক্ষণে সব শেষ।অর্জুন তার হাতের ছুরিটা দিয়ে নিজের বুকে বসিয়ে দিল।

পর্ব-৪

"কি ভাবে একটা মানুষ আর একটা মানুষের মাংস ছিঁড়ে খেতে পারে?"(কর্ণ)

"আমার কপালটাই খারাপ,আমার অপয়া।"(কাঁদতে কাঁদতে বললো প্রিয়া)

"আরে তুমি কান্না থামাও। অর্জুনের এই অবস্থার জন্য কে দায়ী আমি জানি না।তবে আমি এর বদলা নেবো।সুধীর গাড়ি ডাকো।"(কর্ণ)

"কর্ণ,প্রিয়া আর কয়েকজন পুলিশ অফিসার মিলে গেল শহরের সব চেয়ে বড় মানসিক রোগ বিশেষজ্ঞ-র কাছে।নাম তার সুভাষ দাস।

"হুম বলুন,আমাকে আপনাদের কি প্রয়োজন?"(সুভাষ)

পুরো ঘটনাটা জানার পর সুভাষ বাবু বললেন-"এটা কোনো মানসিক সমস্যা বলে আমার মনে হচ্ছে না।"

"তাহলে এটা কি,মানে?"(কর্ণ)

"এটা একটা সুপরিকল্পিত খুন।"(সুভাষ)

" মানে? কিন্তু অর্জুন তো নিজেই নিজেকে..."।(প্রিয়া)

"হেসে ফেলে,শুনুন পৃথিবীতে সব সম্ভব।"(সুভাষ)

"মানে, কি বলতে চাইছেন আপনি?"(প্রিয়া)

"ম্যাডাম আপনি সম্মোহনের নাম শুনেছেন?"(সুভাষ)

"সম্মোহন মানে হিপ্নোটিজম?"(কর্ণ)

"হ্যাঁ, আপনার বন্ধুকে হিপ্নোটিজম করে খুন করা হয়েছে।"(সুভাষ)

"কিন্তু হিপ্নোটিজম...আপনি একটু খোলসা করে বলুন আমার কিছুই মাথায় ঢুকছে না।"(কর্ণ)

"শুনুন তাহলে।এই সম্মোহনের কথা আমরা সিনেমা বা গল্পে শুনেছি।কিন্তু British Medical Association -এ নিযুক্ত একটি কমিটি একটি অনুসন্ধানের পর এই সিদ্ধান্তে আসেন যে এই হিপ্নোটিজম একটি বিজ্ঞানসম্মত পদ্ধতি।এই হিপ্নোথেরাপির

মাধ্যমে মানুষের অনেক ছোট খাটো রোগকে সহজে কয়েক মিনিটের মধ্যে সরিয়ে দেওয়া যায়।"(সুভাষ)

"কিন্তু এর সাথে অর্জুনের মৃত্যুর সম্পর্ক কি?"(প্রিয়া)

"হিপ্নোথেরাপি হলো সোজা কথায় 'প্রোগ্রামিং অফ সাবকনসাস মাইন্ড'।আমাদের যেমন কম্পিউটারে নানান প্রোগ্রামিং যেমন জাভা,html, c/c++,পাইথন ইত্যাদি,ঠিক ওরকমই হিপ্নোথেরাপি হলো একটি প্রোগ্রামিং,যেটা রান করাতে বা চালাতে গেলে আমাদের সাবকনসাস মাইন্ড লাগে।এখন খুব স্বাভাবিক ভাবেই প্রশ্ন আসবে যে খুনের সাথে এর সম্পর্ক কোথায়। হ্যাঁ এই হিপ্নোথেরাপি যতটা ভালো ঠিক উল্টো দিকে ততটাই খারাপ।কারণ এই প্রোগ্রামিং করে একটা মানুষের মস্তিষ্ককে পুরো নিজের নিয়ন্ত্রণে আনা যায়।তখন সেই মানুষটা যা বলবে হিপ্নোটাইজড মানুষটা সেটাই করতে বাধ্য হবে।এবং অর্জুনকে হিপ্নোটিজমই করা হয়েছে।"(সুভাষ)

"কি বলছেন আপনি?? এটাও সম্ভব ?"(প্রিয়া)

"সব সম্ভব।যাক গে আপনাদের আর কিছু প্রশ্ন আশা করি নেই।আমি যেতে পারি এবার?"(সুভাষ)

প্রিয়া আর কর্ণ বেরিয়ে এসে একটাই জিনিস ভাবতে লাগলো যে এই ভাবে অর্জুনকে খুন কেনো করা হলো?প্রিয়ার মন ভেঙে গেছে।অর্জুন আর নেই।কর্ণও এখন একা বোধ করছে।

সেদিন রাতে কর্ণ,প্রিয়ার বাড়িতে এলো।প্রিয়া ঠিক করে খাওয়া দাওয়া করছে না দেখে কর্ণ তাকে নিজের হাতে খাইয়ে দিলো।তারপর তাকে ঘুম পাড়িয়ে দিয়ে কর্ণ বারান্দায় এসে অন্ধকার শহরের খালি রাস্তার দিকে তাকালো,তখন রাত দেড়

টা।হাতে একটা সিগারেট নিয়ে "রবি ঠাকুর"র কয়েকটা লাইন সে আওড়াতে লাগলো:

"অদৃষ্টেরে শুধলেম----চিরদিন পিছে,

অমোঘ নিষ্ঠুর বলে কে মোরে ঠেলিছে।

সে কহিল ফিরে দেখো।---দেখিলাম থামি,

সম্মুখে ঠেলিছে মোরে পশ্চাতের আমি।"

পর্ব -৫ (অন্তিম পর্ব)

পরেরদিন সকালে রেল লাইনের ধার থেকে সুধীরের মৃতদেহ পাওয়া গেলো।সুধীর ছিলো কর্ণের এসিস্টেন্ট।সবাই উঠে পড়ে লাগলো এই খুনের কিনারা করার জন্য।কর্ণ আপ্রাণ চেষ্টা চালালো সারাদিন।রূপ,দিশানী,অর্জুন,সুধীরের মৃত্যু গুলোর মধ্যে কোনো যোগসূত্র আছে কিনা সেটা খুঁজে বার করার চেষ্টা করতে করতে কেটে গেল আর একটা দিন।

রাত্রে কর্ণ এসে বসলো তার বাড়ির বারান্দায়।হাতে একটা পেন আর সামনে ডাইরি।সে লিখতে শুরু করলো।লেখা শেষ হতেই সে পকেট থেকে লাইটার বার করে সেই ডাইরি টা পুড়িয়ে ফেললো।একটা না বলা গল্প যেন শেষ করে দিলো সে।ডাইরির লেখাটা এরকম ছিল :

"আমাকে ক্ষমা করিস অর্জুন।কিন্তু আমার কিছু করার ছিল না।মহাভারতে না হয় কর্ণ হেরে গিয়েছিল,অর্জুনের কাছে।কিন্তু আজ আমি তোকে হারিয়ে দিলাম। হ্যাঁ প্রিয়াকে আমি ভালোবাসি।কিন্তু ওকে পাওয়ার জন্য এটা ছাড়া আর কোনো

উপায় ছিলো না আমার কাছে।তবে এই হিপ্নোসিসের ব্যাপারটা আমি জানতাম না।একদিন আড্ডা মারার সময় সুধীরের কাছ থেকে সবটা জানতে পারি।সুধীর এই হিপ্নোথেরাপিতে পারদর্শী ছিল।এটা জানার পর আমি ভাবতে থাকি কি ভাবে গল্পটা শুরু করা যাবে।তাই রূপ আর দিশানীকে দিয়েই গল্পটা শুরু করতে হলো।সুধীর ওদের হিপ্নোসিসের মাধ্যমে মেরে ফেলে।তারপর তোকে ফোনে বাইরে নিয়ে যায়,সেখানে নিয়ে গিয়ে তোকে হিপ্নোসিস করে দেয়।আর ওই রকম নৃশংস হিপ্নোসিস না করলে প্রিয়া কে দুর্বল করা যেত না।এটি একটি Virtual Death,আর ভার্চুয়ালিটি আমাদের বাস্তবকে মেরে দেয়, তার সব চেয়ে বড় প্রমান হলো হিপ্নোসিস।এখন প্রিয়া আস্তে আস্তে আমার প্রেমে পড়বে,আমরা সংসার করবো তার পর।তুই কিন্তু রাগ করিস না দেখ! সুধীর যেহেতু সব জানতো তাই কাল রাতে প্রিয়ার বাড়ি থেকে ফেরার পথে ওকে রেল স্টেশনে ডেকে মেরে ফেললাম।বাইরের গল্পটা আমি পুড়িয়ে দিল।এবার যা রয়ে যাবে সেটা আমার মধ্যেই থাকবে।বিদায় সবাই কে ভাল থেকো সবাই।প্রিয়া একদিন আমার হবে,এই আশাই রাখবো।"

ব্যবহৃত কবিতা গুলির জন্য কৃতজ্ঞতা স্বীকার : রবীন্দ্রনাথ ঠাকুরের "শেষের কবিতা"

অন্তরালে

সংবাদ মাধ্যম :"শুনেছি মেয়েরা তার বাবার কাছে রাজকন্যার মতো।প্রত্যেক বাবা তার মেয়েকে সুখী রাখার সাধ্য মতো চেষ্টা করে।কিন্তু সবাই সমান নয়।তাই আজও অনেক বাবা তার কন্যা সন্তান হলে দুঃখে চোখের জল ফেলে,তাকে অস্বীকার করে,সে বড় হলে তার বিয়ে দিয়ে তার দায়িত্ব শেষ করে।আর তাকে support করে পরিবারের অন্য সদস্যরা।..."

এই পর্যন্ত দেখে প্রাঞ্জল টিভি বন্ধ করে দিলো।সে কলকাতায় থাকে।বড় চাকরি করে।পরের মাসে প্রাঞ্জলের বিয়ে।তাই সে দার্জিলিং ফিরে এসেছে কলকাতা থেকে।

পরদিন;

আজ প্রাঞ্জল সপরিবারে মেয়ের বাড়ি অর্থাৎ বৃষ্টির বাড়ি পাকা কথা বলতে গেছে।কিন্তু বিয়ের আগে প্রাঞ্জল,বৃষ্টিকে আলাদা করে কিছু কথা বলতে চাইলে,তারা দুজনে বাড়ির ছাদে আসে,এবং বৃষ্টি বলতে শুরু করে-

"বলুন কি বলবেন?"

-"দেখো আমার মনে হয়,আমার জীবনের সব কথা তোমার জানা উচিৎ,তাই তোমাকে ডাকলাম।"

-"বেশ তো বলুন না।কি বলবেন?"

-"আমি এই বিয়ে করলেও তোমাকে কোনো দিনও ভালোবাসতে আমি পারবো না।"

এটা শুনে বৃষ্টির চোখ দিয়ে জল পড়লো আর সেটা লক্ষ করে প্রাঞ্জল বললো-"দেখো কেঁদো না।আসলে আমি একজনকে ভালোবাসি!"

-"তাহলে তাকে বিয়ে করলেন না কেন?"

মৃদু হেসে প্রাঞ্জল বললো-"সে যে আর বেঁচে নেই।আসলে খুব ভালোবেসেছিলাম,তাই তার জায়গায় আর কাউকে বসাতে পারবো না আমি।"

-"যদি কিছু মনে না করেন,তাহলে..."

-"তার মৃত্যুর কারণ জানতে চাও?"

-"হ্যাঁ যদি আপনি বলেন।আপনার কষ্ট হলে থাক,বলতে হবে না।"

-"না তা কেন!বলছি।কলেজ জীবন থেকে আমি আর ঈশানী একে অপরকে ভালবাসি।শহর কলকাতা।এই দার্জিলিং এর থেকে অনেক উন্নত বলেই মনে হয়েছিল।কিন্তু এখানো সেখানকার কিছু বাড়িতে কন্যা সন্তান হলে তাকে অবহেলা করা হয়,আর সে যদি কারোর সাথে প্রেম করে তাহলে তো হয়েই গেল।কিছু দিন আগের কথা আমি তখন এখানে।কলকাতা ফিরে

শুনলাম আমাকে নিয়ে ওর বাড়িতে খুব অশান্তি হয়েছে।এবং তারপর ও আত্মহত্যা করেছে।"

-"আত্মহত্যা!কিন্তু প্রেম নিয়ে অশান্তি তো অনেক বাড়িতেই হয়।"

-"ওটাই এখনো আমার কাছে রহস্য।যার উত্তর আমি কোনো দিন পাবো না।"

-"তো আপনি কিছু বলেননি ওর বাড়ির লোককে?"

-"ওদের কাছে যাওয়া মানে ঈশানীকে অপমান করা।ওরা তো ওকে নিজের কেউ বলে মানতই না।"

-"আচ্ছা একটা প্রশ্ন করবো?"

-"হ্যাঁ।"

-"ঈশানীর বাড়ির লোক যদি কোনো দিন ওর মুখে acid ছুঁড়ে মারতো আপনি কি করতেন?"

-"দেখো আমি ওর হৃদয়টাকে ভালোবাসতাম।শরীর বা মুখটাকে নয়!যাই হোক আমি নিচে যাচ্ছি।"

এই বলে প্রাঞ্জল পিছন ফিরলো।হটাৎ পিছন থেকে কে যেন বলে উঠলো-"এই গরু দাঁড়া।"

এ যে,সেই চেনা ডাক।যে ভাবে তাকে ঈশানী ডাকতো!প্রাঞ্জল পিছনে ফিরে তাকালো।দেখলো বৃষ্টি দাঁড়িয়ে আছে।তার চোখে জল।প্রাঞ্জল বললো-"একি আপনার চোখে জল?"

-"গরু কোথাকার!তুই এতক্ষণ আমার সাথে কথা বললি তাও আমায় চিনলি না।"

-"মানে?"

-"আমি ঈশানী!তোর ঈশানী।আমি বৃষ্টি নই।"

-"না না এটা কি করে হয়।তুমি মিথ্যে বলছো!"

-"শুধু তো মুখটা পাল্টে গেছে আমার,শরীরটা নয়।দেখ আমার ডান হাতের তিলটা এখনো আছে।"

আর কোনো সন্দেহ রইলো না যে বৃষ্টিই আসলে ঈশানী।প্রাঞ্জল ছুটে গিয়ে তাকে জড়িয়ে ধরে।সে কাঁদতে কাঁদতে বলে-"কোথায় ছিলিস শয়তান!তোর কি আমার কথা একটুও মনে হয় না?আর তোর এই নতুন রূপই বা কেন?বল দয়া করে।"

-"আমি সেদিন বাড়ি থেকে বেরিয়ে গিয়েছিলাম।আত্মহত্যা করিনি।ওটা আমার বাবা সংবাদ মাধ্যমকে টাকা খাইয়ে এই কাজ করিয়েছে।"

-"কিন্তু কেন?"

-"কারণ মেয়ে আত্মহত্যা একটা ছেলের কারণে করতেই পারে এতে সমাজ মেয়েটার দোষ দেখবে।কিন্তু যদি সে পালিয়ে যায় তাহলে সমাজ বাড়ির লোককে দোষ দেবে,তাদের শিক্ষা নিয়েও প্রশ্ন ওঠে।তাই বাড়ি থেকে বেরোনোর সময় বাবা আমায় বললো আমি যেন তাদের বাড়ি আর না ফিরে যাই।যদি ফিরে যাই,উনি আমাকে খুন করবেন।আমি তাদের কাছে মৃত।"

-"তারপর কি হলো?"

-"তারপর আমি মাঝ রাস্তায় একা।সেটা দেখে আমার বাবার বন্ধু আমাকে তার বাড়ি নিয়ে এলেন।"

-"এক সেকেন্ড!তোর বাবার বন্ধু মানে,যাকে এখন তুই বাবা বলছিস,সে?"

-"হ্যাঁ।শুধুমাত্র আমাকে বাবার হাত থেকে বাঁচাতে আমার মুখের প্লাস্টিক সার্জারি করেছেন উনি।আমি ওনার কাছে কৃতজ্ঞ।"

-"কিন্তু উনি তোর জন্য এত কিছু কেনো করলেন?"

-"আমার যে মুখটা এখন দেখছিস আর এই বৃষ্টি নাম,ওটা ওনার মেয়ের।ওনার মেয়েকে শ্বশুর বাড়িতে পুড়িয়ে মারা হয়।তাই আমাকে নিজের মেয়ে মনে করে আমার বাবার থেকে রক্ষা করেছেন।আর আমাদের প্রেম ফিরিয়ে দিতেই উনি বিয়ের জন্য তোর বাড়ির লোকের সাথে যোগাযোগ করেন।তোর মা,বাবা সবটা জানেন।"

-"আচ্ছা।কিন্তু আমায় কথা দে যে তুই আর কখনো আমায় ছেড়ে যাবি না!"

-"যাবো না।কথা দিলাম।আমি তোর সাথে চিরকাল থাকবো,নতুন রূপের অন্তরালে।"

ভালোবাসা

(১)

"না ভাই।আজকে চার বছর হয়ে গেল আমাদের relationship এবার বিয়েটা করে নিতে হবে।"-বসন্তের এক সন্ধ্যেয় কবীরকে জানালো কাবেরী।

-"দেখ ঠিক কথাই বলেছিস।কিন্তু দেখ আমি আমার মা বাবা বেঁচে থাকাকালীন বিয়ে করতে চাই না।"

-"মানেটা কি?"

-"না না ওসব আগেকার দিনের লোক যত।কিছু জানে না খালি বাজে বকে।সালা দুদিন পর ঘাটে উঠবি সেটা নিয়ে ভাব! তা নয় ছেলে কী করছে না করছে সেই দিকে তাকিয়ে আছে।"

-"হ্যাঁ সেতো সব বাবা মা-ই করে!"

-"না এরা বেশি করে।নিজেদের কোনো মতামত নেই!পাড়ার লোক যা বলে তাই বাড়ি এসে করে।একি রে ভাই!"

-"যা পারিস কর!"

বলে কাঁদতে কাঁদতে চলে গেল কাবেরী।আজকে কবীর বাংলাদেশ যাবে কি একটা কাজের জন্য।তাই তাকে চলে যেতে হবে আর কিছুক্ষণ পর।খুব রকচটা ছেলে এই কবীর।বাবা,মা কে ভক্তি তো করেই না উল্টে তারা যদি বৃদ্ধ বয়সে কিছু ভুল করে তাহলে তাদের মুখের ওপর যাতা কথা শুনিয়ে দেয়।ওপর দিকে কাবেরী তার উল্টা স্বভাবের।সে ছিল অনাথ।একটা বাড়িতে একাই থাকতো।আজকে কবীর মা,বাবাকে নিয়েই বাংলাদেশ যাবে বলে ঠিক করে।

১ বছর পরে.....

শ্রদ্ধা: "মা বলছি তুমি আর বাবা একসাথে কখনো বেড়াতে যাওনি এর আগে?"

-"না রে আর ওটা হয়ে ওঠেনি।"

-"এটা আবার কেমন কথা হলো!চলো আমরা সবাই মিলে ঘুরতে যাবো কোথাও।"

-"ঠিক আছে তুই যখন বলছিস আমি তোর বাবাকে নিশ্চয়ই বলবো,বল কোথায় যেতে চাস তুই?"

-"জানি না,তবে একবার যদি বাংলাদেশ যাওয়া যেত,ভালো লাগতো।"

-"কোথায়! শেষে বাংলাদেশে ঘুরতে যাবি?"

-"হ্যাঁ মা চলো না মজা হবে।"

-"আচ্ছা দেখছি তোর বাবাকে বলে।"

শ্রদ্ধার বাবার বাড়ি ফিরতে রোজই মোটামুটি রাত হয়।ওইদিন রাতে বাড়ি এলে রুমেলা দেবী তার স্বামীকে মেয়ে শ্রদ্ধার আবদারের কথা বলেন।মেয়ের আবদার বলে কথা,অতএব ঘুরতে তো যেতেই হবে,আর সেটা বাংলাদেশে।এছাড়াও পরে অনিমেষবাবুর নিজেরই অফিসের কাজ পড়ে যায় বাংলাদেশে।

কথা ওঠার ঠিক এক সপ্তাহের মধ্যে তিনজন বাংলাদেশে আসে বেশ কয়েকমাসের জন্যে।এখানে শ্রদ্ধার বাবার আদি বাড়ি।ওরা ওখানেই এসে আছে।তো ওইদিন বেরোনোর পথে শ্রদ্ধার বাবা অনিমেষবাবুর সাথে একজনের ধাক্কা লেগে অনিমেষবাবু পিছনে তাকাতেই অবাক হয় ওঠেন এবং বলেন:

-"কবীর তুমি বেঁচে আছো?"

-"(অবাক হয়ে)কে কবীর কাকু? আমি তো সারণ্য।"

-"না না কি করে হয়! না না তুমি কবীর!দুজনের এত মিল কিভাবে হয়!"

-"সালা সাতসকালে কি নেশা করেছেন নাকি?এই বলে প্রস্থান করে সারণ্য।"

বাড়ি এসে অনিমেষবাবু রুমেলা দেবীকে বললেন:

-"আচ্ছা রুমেলা একটা অঙ্ক যদি একরাস্তায় না মেলে তার তো নিশ্চয়ই অন্য পথ থাকবেই যার দ্বারা সেটাকে মেলানো যায়?"

-"হ্যাঁ নিশ্চয়ই থাকবে।তোমার কি হলো বলতো হটাৎ এসব প্রশ্নের কারণ জানতে পারি?"

-"ভগবান সবার জীবনে একটা জটিল অঙ্ক ঢুকিয়ে রেখেছে!যে এই অঙ্কের সমাধান করতে পারবে সেই বিজয়ী!"

-"তোমার কথার একটা মানেও আমি বুঝতে পারছি না।"

-"বুঝবে..."

(কথা শেষ হবার আগেই)

"মা,বাবা আজকে আমরা ঘুরতে যাচ্ছি তো তাহলে?"-বলে ঘরে ঢুকলো শ্রদ্ধা।

অনিমেষবাবু বললেন-"নিশ্চয়ই মা! তুই তৈরি থাকিস।"

একটা নামকরা হোটেলে দেখা হয় শ্রদ্ধা র সারণ্যের।যদিও সেটাও অসম্ভব ছিল যদি রুমেলা দেবী অসুস্থ না হতেন।সারণ্য ওই হোটেলে কাজ করে,সেই ডাক্তারের ব্যবস্থা করে দিয়েছিল।

এরপর আর কি যা হয়!whatsapp এর নম্বর নেওয়া সেখান থেকে প্রেম আর তার থেকে ধীরে ধীরে কিছু দিনের মধ্যে ভালোবাসা গড়ে ওঠে দুজনের।

"তোমার কাজ শেষ হলে চলো এবার কলকাতা ফেরা যাক।তোমার মেয়েকে আমার সুবিধার লাগছে না"।- অনিমেষবাবুকে বললেন রুমেলাদেবী।

-"ভয় পেওনা না ওটা হবারই ছিল।"

-"মানে শ্রদ্ধা আমাকে বলেছে সারণ্যর ব্যপারে।"

-"ও তলে তলে তুমিও!"

-"আরে এতে তলে তলে হওয়ার কি আছে,কাল আমি সারণ্যকে বাড়িতে ডেকেছি।সাথে ওর দাদাও আসবে।"

-"তোমরা যা পারো করো।"

(২)

পরদিন সকালে সারণ্য আর তার দাদা বাড়িতে এলেন।প্রথমে স্বাভাবিক ভাবেই কথা এগোচ্ছিল।হটাৎ অনিমেষ বাবু শ্রদ্ধা আর সারণ্যকে অন্য ঘরে পাঠিয়ে সারণ্যর দাদাকে সোজা প্রশ্ন করলেন:

-"কবীরকে আপনি কোথায় খুঁজে পেলেন?"

-"কে কবীর?আপনি মিথ্যে কথা বলছেন ওর নাম সারণ্য।আমার ছোট ভাই।"

-"আমি একবারও কিন্তু বলিনি যে সারণ্যই কবীর!আপনি এবার সত্যি কথাটা বলুন নাহলে সোজা lockup এ পুরে দেবো,আমি অনিমেষ দত্ত,স্পেশাল ব্রাঞ্চ,কলকাতা পুলিশ।একটা কাজের কারণে বাংলাদেশ আসা।"

হটাৎ পিছন থেকে কে যেন বলে ওঠে-"অনিমেষ দত্ত!"

অনিমেষবাবু পিছনে ফিরে দেখে এ যে তারই মেয়ে শ্রদ্ধা,তার হাতে বন্দুক আর সেটার মুখ অনিমেষবাবুর দিকে।অবাক হয়ে অনিমেষবাবু বললেন:

-"কি হলো শ্রদ্ধা,তুই এরকম করছিস কেন?"

-"don't call me sroddha,আমি কাবেরী।আমার সব মনে পড়ে গেছে।"

-"সেটাই স্বাভাবিক!ডাক্তার তো বলেছিল যেকোনো সময়ে তোর আগের স্মৃতি ফিরে আসবে!এতে বন্দুক নিয়ে তেড়ে আসার কি আছে।আমি কি তোর কোনো ক্ষতি করেছি?"

এটা শোনার পর হাত থেকে বন্দুকটা ফেলে কাঁদতে শুরু করে কাবেরী।এবার অনিমেষবাবু বলতে শুরু করলেন:-

"কাবেরী আর কবীর,এদের ভালোবাসা ছিল প্রায় চার বছরের।এরপর কবীরকে একটা কাজে বাংলাদেশ আসতে হয় তার মা বাবার সাথে।আর গল্পের শুরু ঠিক এখান থেকেই।বাংলাদেশের ফরিদপুরে কবীরের একটা খুব বড় accident হয়,গাড়িতে ওর মা,বাবাও ছিল।ওরা ওখানেই মারা যায়।আর কবীরের স্মৃতিশক্তি চলে যায়।আর তখনই তাকে আশ্রয় দেওয়া হয় সারণ্য নামে!(সারণ্যর দাদার দিকে তাকিয়ে) কি তাইতো?"

-"আমাকে ক্ষমা কর ভাই!ক্ষমা করে দে।"

সারণ্য এগিয়ে এসে তার দাদার হাত দুটো ধরে বলে-

"বিপদের সময় আশ্রয় কটা লোক দিতে পারে দাদা?তুমি দিয়েছো!তাই তোমাকে ক্ষমা করার ক্ষমতা আমার নেই।"

অনিমেষবাবু এবার বললেন-"এবার বাকিটা শেষ করা যাক।দুজনেরই গাড়ি দুর্ঘটনা হয়েছিল প্রায় একই সময়ে,একটা কলকাতা আর একটা ফরিদপুর।এখন প্রশ্ন আসবে প্রেম কি তবে এতোই শক্তিশালী?যে দুজনকে একসাথে বিপদে ফেললো!কিন্তু আমার মনে হয় সেটা নয়।দুজনের accident নিজেদের দোষে হয়েছে!ওরা ড্রাইভিং করার সময় দুজনে দুজনের সাথে ফোনে কথা বলছিল।আগে accident টা কবীরের হয়,আর কি হলো সেটা ফোনে দেখতে গিয়ে কাবেরী সামনে দেখেইনি সামনে গাড়ি চলে এসেছে।এরপর আমার entry হয়।কাবেরীর মুখের অবস্থা এমন হয় যে ওর মুখে প্লাস্টিক সার্জারি করতেই হয়।আর এটাই গল্প!"

এটা শুনে রুমেলাদেবী অনিমেষবাবুকে বলেন-"আর সেই কথাগুলো বলবে না?"

-"না থাক,কিছু না হয় অজানাই থাক!(কেঁদে ফেললেন)"

এটা শুনে অবাক হয়ে কাবেরী বললো-"কি লুকিয়ে যাচ্ছেন মানে যাচ্ছ আমার থেকে?"

অনিমেষবাবু:-"শুনবি?শোন তাহলে!আমি আর রুমেলাই হলাম তোর হারিয়ে যাওয়া বাবা,মা।"

-"না না এটা হতে পারে না!তারা তো মারা গেছে,অনেক বছর আগে।"

-"তারা মরেনি,তারা হারিয়ে গিয়েছিল একটা মেলায়।তোর ওই হাতের আংটি দেখে আমি তোর Dna টেস্ট করাই।আর তাতেই প্রমান হয় যে তুই আমার মেয়ে।"

-"মা,বাবা!(কেঁদে ফেলে) আমাকে ক্ষমা করে দাও।আমি তোমাদের চিনতে পারিনি!"

-"তুই কেন ক্ষমা চাইছিস মা,তোর তো কোনো দোষ নেই।ওই ওপরে যে বসে আছে সে আমাদের জীবনের অঙ্কগুলো কীভাবে সমাধান করে একজায়গায় আনবেন তিনিই জানেন!সারণ্য এদিকে এসো।"

সারণ্য অনিমেষবাবুর কাছে যেতেই তিনি তাকে জড়িয়ে ধরে বলেন,"কবীর ছেলে হিসেবে খারাপ ছিল না।আসলে ও ওর মা,বাবাকে পছন্দ করতো না আমি শুনেছিলাম।আশা করিস তুইও জানিস।জানিস কাবেরী মা!ওটা ওর নিজের মা,বাবাই ছিল না।কবীর ছিল ওদের দত্তক পুত্র।আর এটা জানার পর থেকেই কবীর তার মা বাবাকে দেখতে পারতো না।"

"তাহলে সব অঙ্ক মিলে গেলো,সব ঘটনা গুলো বিচ্ছিন্ন কিন্তু মিললো সেই শেষ বিন্দুতেই"-বলে অনিমেষবাবু দুজনের বিয়ে নিয়ে সারণ্যর দাদার সাথে আলোচনায় বসলেন।

কালাপাহাড়

এই গল্পের কাহিনী সম্পূর্ণ কাল্পনিক। এর সাথে বাস্তবের কোনো মিল নেই। ধর্ম নিয়ে রচিত এই গল্পটি কোনো ধর্মকে ছোট করার উদ্দেশ্য নেই।এটি ইতিহাসের একটি ঘটনাকে নতুন চরিত্রের যোগে গল্পের আকারে সাজান হয়েছে   মাত্র । গল্পের কোনো চরিত্রের সাথে বাস্তবের কোনো মিল থাকলে,তা একান্তই অনিচ্ছাকৃত ও কাকতলীয়।

(১)

সংবাদমাধ্যম : "শহরের বুকে ঘটে গেলো এক অত্যাশ্চর্য ঘটনা।না এটা মন্দির সংক্রান্ত ঘটনা হলেও সেটি গয়না চুরির ঘটনা নয়।সকালবেলা শহর এলাকার বিখ্যাত দুর্গা মন্দিরের দ্বার খুলে দেখা গেল মূর্তির মাথা নেই!কি করে ঘটলো এরকম ঘটনা।মন্দির কর্তৃপক্ষ এই ঘটনায় স্তম্ভিত!তবে কেউ কি ইচ্ছে করে ঘটনা ঘটিয়েছে? পুরোটাই এখন ধোঁয়াশা!রাজ্যের মুখ্যমন্ত্রীর নির্দেশে পুলিশ তদন্ত শুরু করেছে।"

"আমি একজন বৃদ্ধ পুরোহিত।এই মন্দিরে প্রায় ত্রিশ বছর ধরে পুজো করছি।কোনোদিন এরকম কোন ঘটনা ঘটতে আমি দেখিনি।মা হয়তো সবার ওপর রুষ্ট হয়েছেন!পাপ,বুঝলে পাপ! আমরা সবাই পাপী,সবাই।"-থানার বড়বাবুকে বললেন মন্দিরের পুরোহিত মশাই।

"ঠিক আছে আপনি এখন আসুন।পরে দরকার পড়লে আবার ডেকে নেবো।"-এই বলে থানার বড়বাবু সুকল্যান ঘোড়াই বললেন-"চৌধুরী,আমি একটু ঘটনার জায়গাটা দেখতে চাই।"

ঘোড়াইবাবু ঘটনাস্থলটা খুব মন দিয়ে পর্যবেক্ষণ করছিলেন।মূর্তিটার মাথাই নেই!হঠাৎই তার চোখে পড়লো একটা চিরকুট মঙ্গলঘটের তলায় রাখা আছে।আর তাতে লেখা আছে :-

"টিকি ধারীদের প্রলয়দেব যেথায়;

দাড়ি ধারীরা নামাজ পড়ে সেথায়!(১০)"

এই ধাঁধার সমাধান করতে ঘোড়াইবাবু চৌধুরীকে ডেকে বললেন-"এটা দেখ চৌধুরী!তুমি কি কিছু বুঝতে পারছো এটা পড়ে?"

অনেকবার দেখার পর চৌধুরী বললো "না sir!"

-"টিকি ধারী মানে হিন্দু।আর তাদের প্রলয়দেব মানে দেবাদীদেব মহাদেব।আর দাড়ি ধারী মানে মুসলিম,আর তারা নামাজ পড়ে মসজিদে।তার মানে এই ধাঁধাটার সমাধান করলে হয় হিন্দুদের শিব ঠাকুর মুসলিমদের মসজিদে!"

-"sir আমার মনে হয় এটা কেউ ইচ্ছাকৃতভাবে দুই ধর্মের মধ্যে দাঙ্গা লাগানোর চেষ্টা করছে।আমার মনে হয় এটা কোনো দলের

রাজনৈতিক চাল,সামনে তো ভোট,তাই এটা অস্বাভাবিক কিছু নয়।"

-"না না চৌধুরী!এটা এই ঘটনা নয়।তাহলে চিরকুট দিয়ে যাবে কেন!আমার মনে হয় যে ঘটনা ঘটিয়েছে সে আমাদের কিছু বলতে চায়।"

-"sir সবই তো ভালোভাবে বুঝলাম!কিন্তু ধাঁধায় ওই '১০' টা কি?"

-"ভালো দেখেছো তো চৌধুরী!যাই হোক তুমি গাড়ি ঘোরানোর ব্যাবস্থা করো আমি থানায় যেতে যেতে এটা নিয়ে ভাববো।"

(২)

গাড়ি এগোতে লাগলো থানার দিকে।হঠাৎই রাস্তার মাঝখানে দেখা গেলো সংবাদমাধ্যমকে।কয়েকজন লোক কি যেন একটা পোড়াচ্ছে।ঘোড়াইবাবু চৌধুরীকে বললেন নেমে দেখতে কি হয়েছে।

চৌধুরী এসে জানালো-"ধাঁধার সমাধান হয়ে গেছে sir!"

"মানে,ঠিক করে বলো কি হয়েছে!"-বললেন থানার বড়বাবু।

-"সকাল ১০টা নাগাদ এখানে মসজিদের ভিতরে একটা শিবমূর্তি পাওয়া গেছে।ঠিক ধাঁধার মতো।অর্থাৎ ওখানে ১০ মানে হলো সকাল ১০টা।ওদের দেখছেন,ওরা হলো মুসলিম,হিন্দুদের কুশপুতুল পোড়াচ্ছে।"

-"এই গাড়ি থেকে নামো সবাই!ফাস্ট।"

ঘোড়াইবাবু কিছুটা এগোতেই মন্দিরের বাইরে সেই শিবলিঙ্গটি দেখতে পেলেন।বেশি বড় নয় সেটা।হাতে করে তোলা যায়।তিনি শিবলিঙ্গটিকে হাতে তুলে নিলেন।হঠাৎই চোখে পড়লো

শিবলিঙ্গটির তলায় একটা আবার একটা চিরকুট!এটাতে লেখা আছে :

"নারায়ণের মর্ত্যবাস।(১১)"

"চৌধুরী,এদিকে এসো!সকাল ১১টা বাজতে কত দেরি আর?"-বললেন ঘোড়াইবাবু।

চৌধুরী বললো-"আর বেশিক্ষণ নেই sir!"

-"আসে পাশে কোথাও জগন্নাথ,রাম বা কৃষ্ণের মন্দির আছে কি?"

-"হ্যাঁ,sir জগন্নাথ মন্দির আছে তো,এই তো সামনেই!"

-"গাড়িতে ওঠো তাড়াতাড়ি!"

অনেক চেষ্টার পর তারা মন্দিরে পৌঁছয় ঠিক ১১ টা বাজার ১০ মিনিট আগে।গিয়ে তারা দেখলো মন্দির বন্ধ।আসে পাশে একটাও জনপ্রাণী নেই।ঘোড়াইবাবু এই শহরে নতুন!তাই মন্দিরের ইতিহাস তার জানা নেই।

ঘোড়াইবাবু উৎসুক হয়ে জিজ্ঞাসা করলেন-"এই মন্দিরের আশেপাশেও কেউ নেই।কেনো নেই?"

চৌধুরী জবাবে বললো-"এই মন্দিরটি দীর্ঘ ৫ বছর ধরে বন্ধ।এখানে একজনকে পুড়িয়ে মারা হয়েছিল,একজন মুসলিম মেয়েকে,তারপর এই মন্দিরে যে যে পুরোহিতরা ওই মেয়েটিকে পুরিয়েছিলো,তারা এই মন্দিরের মধ্যে একে একে মারা যায়।লোকে বলে এই মন্দিরে ওই মুসলিম মেয়ের আত্মা ঘুরে বেড়ায়।"

-"মুসলিম মেয়ে!জাসমীন!"

"ঠিকই ধরেছেন বড়বাবু!"-হঠাৎ পিছন থেকে একটা আওয়াজ এলো।

সবাই পিছনে ঘুরে তাকালো।দেখলো এক হিন্দুদের মতো টিকিধারী এবং মুসলিমদের মতো দাড়ি রাখা এক ব্যক্তি,তার দুহাতে দুটি তরোয়ার।সে এসে জোর গলায় প্রশ্ন করলো- "সুকল্যান মনে পড়ছে আমাকে?"

ঘোড়াইবাবু চমকে গিয়ে বললেন-"রঞ্জন তুই?"

-"হ্যাঁ,আমি।তার আগে সবাই একটু বাইরে চলে যাও দয়া করে।এখানে শুধু কথা হবে আমার আর সুকল্যানের।"

-"হ্যাঁ,হ্যাঁ তোর সাথে অনেক হিসেব আমারও বাকি আছে।এই সবাই বাইরে যাও।"

কথা মতো সবাই বাইরে চলে গেলো।

-"সুকল্যান,তারপর কি মনে করে এই শহরে?"

-"আমি এখানকার বড়বাবু।"

-"দেখেছিস শালা!সময় কতো নিষ্ঠুর হতে পারে?তোর সাথে সেই আমার দেখা করিয়ে দিল!"

-"আমি তো শুনেছিলাম তুই মারা গেছিস!তা আবার ফিরলি কি করে?"

-"ভালোবাসা জিনিসটা জানিস?সেই ভালবাসা আমাকে প্রতিশোধ নিতে পাঠিয়েছে রে!"

-"তো প্রতিশোধ নিবি তো,এত দৌড় করলি কেন আমাকে সকাল থেকে?"

-"আরে ইয়ার!তোকে একটু চমক দিলাম রে।দেখলাম আমাকে তোর মনে আছে কিনা!আদৌ কি তুই এই শহরে নতুন সুকল্যান ঘোড়াই?"

-"দেখ আজ থেকে ৫ বছর আগে আমি শহর ছেড়েছি!"

-"হ্যাঁ,আমি জানি তো!সেদিন আমাকে গুলি করে পালানোর সময় ভাবলি আমাকে কেউ বাঁচানোর নেই তাই তো?"

-"তুই বাঁচলি কি করে সেদিন?"

-"ধর্মের কল বাতাসে নড়ে রে ভাই!চৌধুরী আমার নিজের ভাইরে!সে আমাকে বাঁচিয়েছিল সেদিন।"

-"চৌধুরী মানে?.."

-"হ্যাঁ,চৌধুরীই আমার আদেশে তোকে এই অবধি নিয়ে এসেছে!"

-"দেখ রঞ্জন.."

-"কে রঞ্জন!ওই নামটা মরে গেছে।"

-"তাহলে কে তুই?"

-"আমি কালাপাহাড়,নাম তো শুনিসনি মনে হয়?"

-"না কে সে?"

-"ইতিহাসটা পড়ে দেখ!কালাপাহাড়ের স্ত্রী মুসলিম হওয়ার কারণে তাকে মেরে ফেলা হয়েছিল।তারপর কি হয়েছিল জানিস? কালাপাহাড় অনেক হিন্দু মন্দির ধ্বংস করে দিয়েছিল।আমার সাথেও তাই হয়েছে।আমিও তাই করেছি।আমার কাছে ধর্ম আগে নয়,ভালোবাসা আগে।

-"আরে যা তো ওরকম ভালোবাসা দেখাস না আমাকে।জাসমীনকে আমিও ভালো রাখতে পারতাম।আমার কত টাকা ছিল বলতো?কি ছিল তোর?"

-"আমার কাছে ভালোবাসা ছিল।আর জাসমীন তোর কি ক্ষতি করেছিলো ভাই?বিয়ে করেনি বলে এতো রাগ তোর?যে আমাদের পালিয়ে বিয়ে করার পাঁচ দিনের মাথায় ওকে তুই মেরে দিলি?"

-"আমি মেরেছি?না না,ওকে তো হিন্দু পুরোহিতরা পুড়িয়ে মেরেছে।"

-"মিথ্যে কথা বলবি না সুকল্যান!সেদিন পুরোহিতদের টাকা খাইয়ে তুই এসব করেছিলিস।তারা শিকার করে গেছে মৃত্যুর আগে।আর ওই পুরোহিতদের জাসমিনের আত্মা মারেনি।মেরেছি আমি।"

-"যা যা,সবটা জেনে গেলি।তাহলে প্রথম থেকে গল্পটা কি দাঁড়ালো?তুই আর জাসমীন একে অপরকে ভালোবাসতিস।আমার সাথে জাসমিনের বিয়ে ঠিক হয়,সেই সময়ই তোরা পালিয়ে বিয়ে করলি।কি করবো বল বউ পালালো বলে সবাই আমাকে নিয়ে হাঁসাহাঁসি করতো এই ঘটনা নিয়ে।রাগ হলো,মনে হলো তোদের সামনে পেলেই খুন করবো।তারপর মাথায় plan টা এলো।দেখলাম তোরা এই মন্দিরের গায়ে একটা বাড়িতে এসে থাকিস,আর এটা যদি পুরোহিতরা জানতে পারে,তাহলে তোদের রেহাই নেই।তাই ওদের প্রচুর টাকা খাওয়ালাম।বললাম জাসমিনকে পুড়িয়ে মারতে।আর তোকে আমি ঘরে গুলি করে দিলাম।সেদিনই আমি শহর ছেড়েছিলাম।তুই যে বেঁচে যাবি আর আজকে আমাদের এভাবে দেখা হবে ভাবতেও পারিনি।"

"কিন্তু আগের বার বেঁচেছিস বলে এবার আর পার পাবি না।"-এই বলে বন্দুকটা বার করে ঘোড়াইবাবু রঞ্জনের দিকে তাক করলো।

রঞ্জন হাতে তরোয়ার নিয়ে সুকল্যানের দিকে ছুটে এলো।সুকল্যান গুলি চালালো।রঞ্জনের মাথায় লাগলো সেটি।কিন্তু রঞ্জন,সুকল্যানের অনেকটা কাছে তখন,গুলি লাগার পর সে একটু দুর্বল হয়ে গেল ঠিকই ,কিন্তু ওই অবস্থাতেই সে তরবারিটা সুকল্যানের গলায় চালিয়ে দিলো।

গল্পের শেষে কেউ বেঁচে থাকলো না।দুটো দেহ পড়ে রইলো মাটিতে,মন্দির ভেসে গেলো রক্তে।তাহলে জয়ী কে হলো ভালোবাসা না প্রতিশোধ নাকি সবার আড়ালে থাকা,সেই বয়ে যাওয়া সময়?

9 789354 386831